Le cas Gentile

DU MÊME AUTEUR

Romans

Personnages de la rue du Couteau, Julliard, 1984.
Tott, Julliard, 1985.
Benoît ou les Contemporains obscurs, Julliard, 1986.
Les Clandestins, Fallois, 1990.
Les Nuits Racine, Fallois, 1992, prix Roger-Nimier.
Mémoires de Monte-Cristo, Fallois, 1994.
Des hommes qui s'éloignent, Fayard, 1997.
Anielka, Stock, 1999, grand prix du roman de l'Académie française.

Essais

Jorge Luis Borges, Bourin, 1993.
Aragon, 1897-1982, Fayard, 1997, prix de la critique de l'Académie française.
Les Parents lâcheurs, Le Rocher, 2001.

Journal

Tous les secrets de l'avenir, Fayard, 1996.
Journal de Marseille, Le Rocher, 1999.
N6, la route de l'Italie, Stock, 2000.

François Taillandier

Le cas Gentile

roman

Stock

Les points de départ, comme leur nom l'indique, constituent ce dont on s'éloigne. La ville où se passe ce roman n'est pas la métropole piémontaise, la relique dont il est question n'est pas le « Saint Suaire de Turin », et le capitaine Gentile n'est pas le *vigile del fuoco* qui l'arracha aux flammes en 1997.

Ecce deus fortior me.

L'iconoclaste

Lorsque le capitaine Gentile, l'œil vague et le pas hésitant, se présenta au siège du commandement régional, où, dès le lendemain des faits, il avait été convoqué toutes affaires cessantes, il fut aussitôt pris en charge et escorté dans les couloirs, comme s'il fallait s'assurer de sa personne. Les regards en disaient long : de l'étonnement, de l'inquiétude; ce qu'il faut de réprobation. Et aussi de la solidarité, une solidarité sans faille, même si sévère. Une mâle sollicitude. Il avait trébuché, c'était entendu; il aurait à en rendre compte, mais on l'aiderait à se relever. N'était-on pas au sein d'une fraternité, dont chaque membre se trouvait quotidiennement exposé à toutes sortes de périls, physiques ou moraux ?

Oui, des regards, des attitudes peuvent à eux seuls exprimer tout cela, et c'est bien ce qu'ils témoignèrent, ce jour-là, au capitaine Gentile.

L'affaire n'était pas banale, il faut le dire, et quant au capitaine Gentile, ce n'était pas n'importe quel pompier. Ses services passés, l'exploit héroïque accompli un an plus tôt, et dont avait bénéficié *l'image* de la corporation tout entière, justifiaient, sinon un traitement de faveur, du moins une attention toute particulière.

Le major responsable du service médico-psychologique, vers lequel il fut orienté dare-dare, eut avec lui un entretien au cours duquel Gentile, quoique peu loquace, démontra une claire conscience de son acte, qu'il décrivit lucidement. Sans doute, il ne s'en expliquait pas, mais il se reconnut dépressif. Il admit avoir besoin d'aide. Il accepta par avance les décisions qui le concerneraient.

Le médecin-major demeura pensif. Gentile ne s'expliquait pas, c'était le point. Ni ne s'excusait. Soumis tant qu'on voulait, mais nullement repentant, pas même gêné. Il ne contestait pas avoir commis une infraction; il consentait à toutes les mesures qui seraient prises, mais dans le seul but, semblait-il, qu'on lui fichât la paix. Et c'était une part de lui-même et de son acte qui se dérobait ainsi.

Après quelques hésitations, le médecin se résolut néanmoins à laisser courir. Mieux valait, peut-être, ne pas chercher plus loin. Les motifs, les mobiles, les causes, tout cela demeurait obscur, mais après tout, le type semblait de bonne volonté, et on pouvait au bénéfice du doute, sans acrobatie trop voyante ni trop patente mauvaise foi, combiner divers ingrédients atténuants, une certaine solitude affective, le stress propre à la profession, les agressions de la vie urbaine et, de la sorte, calmer le jeu.

Il exposa à Gentile sa façon de voir les choses, évitant soigneusement de laisser transparaître ses doutes.

– Cela n'empêche pas, conclut-il, que la commission disciplinaire devra siéger. Mais, sans m'avancer exagérément, je crois qu'elle se rangera à l'avis que je vais donner, et que ses décisions seront modérées.

Elles le furent. À l'issue de sa comparution devant ce solennel prétoire, où son ami Guido, représentant syndical, quoique tenu à la plus stricte réserve, traduisit par des regards éloquents son soutien et sa confiance, le capitaine Gentile fut placé pour deux mois en congé exceptionnel (on évita le terme malsonnant de « mise à pied »). Son salaire était maintenu à 80 pour cent. Il s'engageait de son côté à fournir les certificats d'un « suivi psychologique » régulier, le praticien étant laissé à son choix, ainsi qu'à maintenir les quatre heures hebdomadaires d'entraînement physique qui entraient ordinairement dans ses obligations de service.

En ce qui concernait sa comparution devant le tribunal correctionnel, on lui fournirait un avocat; de l'avis du juriste de service, on pouvait espérer une relaxe, sous réserve de remboursement des dégâts occasionnés.

Son attention était attirée sur le fait que toute récidive, bien entendu, mais aussi tout délit apparenté (ivresse sur la voie publique, vitesse excessive en voiture, tapage nocturne, bagarres...) contraindrait ses supérieurs à reconsidérer le dossier de façon moins indulgente. Mais on avait confiance : il se « reprendrait », on n'en doutait pas.

C'était ferme et généreux. On faisait bien les choses, chez les pompiers. Gentile, au garde-à-vous, approuva, d'un laconique « merci ».

Un an plus tôt, le capitaine Gentile s'était acquis l'admiration et la reconnaissance générales en arrachant aux flammes, dans une chapelle emplie d'une fumée épaisse, la mystérieuse relique qu'on y gardait depuis quatre siècles et qu'on appelait la Santissima Tela. Comment le feu avait-il pris, mystère; mais, déchaîné et entretenu par des vernis et des produits solvants déposés là en vue de la restauration de boiseries anciennes, il s'était communiqué au jubé, aux stalles, aux tapis.

Gentile s'était lancé dans ce four. Après avoir réussi à briser à la hache (performance presque inconcevable) la vitre blindée protégeant le linge sacré, il était sorti de là suffocant, vomissant, un genou démis pour avoir chuté, faute d'y voir goutte, en redescendant les trois marches du chœur. La Santissima Tela était hors de danger.

Or, le même homme venait de se livrer, dans l'enceinte de la gare de Porte-Neuve, à une déprédation qui n'était pas sans entrer dans un mystérieux rapport de symétrie avec cet acte courageux : armé d'un tuyau métallique trouvé sur un chantier voisin, il s'était attaqué à des panneaux de verre sécurit abritant des affiches publicitaires, et avait réussi à en fracasser plusieurs avant que les hommes du gardiennage, qui patrouillaient non loin de là, n'intervinssent au galop et ne l'emmenassent au bureau de police.

Il n'avait opposé aucune résistance, ne présentait nul signe de démence ni d'ivresse, s'était montré d'une parfaite correction. Il avait reconnu son acte sans réticence. « Moi, cela fait des années que ce genre d'affiche m'agresse », avait-il déclaré en ce qui concernait ses mobiles; pas un mot de plus. Il avait signé tout ce qu'on voulait, avant d'être relâché une heure et demie plus tard.

Vigiles et policiers étaient restés perplexes devant ce type venu d'une profession mitoyenne de la leur, d'allure pacifique, raisonnable, équilibrée, et qui pourtant s'était un instant plus tôt rendu coupable d'un acte violent autant qu'absurde : c'était cette même contradiction qui, dans sa hiérarchie, devait à la fois commander l'indulgence et susciter l'inquiétude.

Regards intrigués

Trois personnes, durant les jours qui suivirent sa mise en congé, devaient s'intéresser tout particulièrement au cas du capitaine Gentile, et intervenir dans sa vie.

L'une fut le père Beato, aumônier du corps des sapeurs-pompiers, lequel corps, plein de sollicitude envers ces hommes qui ne sortaient de leurs casernes, comme Siddharta de son palais, que pour découvrir la misère, la détresse, la maladie et la mort, s'assurait l'appui d'une batterie cléricale formée également d'un pasteur, d'un rabbin, et même, depuis une date récente, d'un religieux bouddhiste. L'opinion de ses proches collaborateurs étant que Gentile, en admettant qu'on le pût rattacher à une confession, devait relever de la catholique, son dossier fut transmis au père Beato.

Capitaine Gentile. Trente-trois ans. Treize ans de services. Formation commencée à l'armée. Toujours bien noté, promotions régulières. Cité à l'ordre du corps des sapeurs-pompiers pour son intervention exceptionnelle lors du fameux incendie. Autorité : TB. Ponctualité : TB. Rayonnement : B (mais personne, le père Beato le savait, n'obtenait jamais un TB en rayonnement. C'était la coutume).

Vie personnelle : marié à vingt-cinq ans, divorcé à trente et un. Pas d'enfant.

Le père Beato considéra longuement la photo d'identité, vieille de quelques années. Le pompier Gentile n'était pas beau à proprement parler, mais de mine agréable : une bonne bouille un peu ronde, des yeux bruns et doux, le nez court. Ce visage annonçait une force rassurante, une bonté foncière, des possibilités d'affection et de fidélité véritablement canines. Beaucoup de femmes, de par le monde, pouvaient sans doute désirer une présence comme celle-là. Gentile était le prototype du bon-mari-bon-père tel qu'on se l'imagine, quoiqu'il n'ait manifestement été, en définitive, ni l'un ni l'autre.

Que s'était-il passé dans la tête de cet homme, que tous les collègues appelés à témoigner devant la commission disciplinaire avaient dépeint comme un garçon équilibré, bon camarade, encore qu'en général plutôt taciturne ?

Gentile eût-il seulement été l'auteur d'un saccage d'affiches, qu'il n'eût constitué, aux yeux du prêtre, qu'un dossier parmi d'autres. Mais il avait été, préalablement, le sauveteur de la Santa

Tela. Et ça, c'était troublant. Beato n'aurait pu dire quoi ni pourquoi, mais il y avait là quelque chose qu'il ne pouvait négliger.

Problème : comment entrer en contact ? Le père Beato était allé le féliciter, naturellement, après le sauvetage, l'année précédente, mais leurs relations s'en étaient tenues là. Gentile ne faisait pas partie de ceux (peu nombreux, il fallait bien l'avouer ; Beato n'avait eu aucune peine à connaître leurs prénoms à tous) qui, une fois ou l'autre, étaient venus le consulter, ou avaient participé aux réunions de réflexion qu'il proposait. Il fallait le considérer, au mieux, comme indifférent. Dans ces conditions, et dans le contexte d'un mystérieux drame personnel, il pouvait être très maladroit de lui tomber dessus au téléphone.

Il résolut d'obtenir de Guido qu'il veuille bien servir d'intermédiaire.

Guido était la deuxième personne à s'être intéressée immédiatement, et de près, au cas Gentile. Cela pour bien des raisons. D'abord parce que, plus âgé que lui d'une dizaine d'années, il l'avait connu petit garçon, dans le faubourg où tous les deux avaient grandi ; c'est lui, par la suite, lorsque Gentile avait manifesté le souhait d'embrasser la profession de pompier, qui lui avait donné tous les renseignements nécessaires. Il s'estimait donc un peu son parrain.

En second lieu, Guido était délégué syndical,

et, à ce titre, il siégeait de droit dans la commission disciplinaire. Il avait eu par conséquent accès à tous les détails de l'affaire. Or, plaider la cause du coupable, veiller à l'équité des mesures décidées, trouver si possible le moyen d'insinuer que ce serait au commandement de se sentir morveux, ces rôles qui lui incombaient d'ordinaire ne lui parurent en l'occurrence absolument pas suffisants. Guido, avant d'être syndicaliste, s'estimait un militant politique.

Et il l'était. Il était de ces militants dans l'âme, que rien dans l'évolution récente du monde n'avait pu faire dévier de convictions solides – solides parce qu'un peu étroites, sans doute, mais profondes, et reposant sur des raisonnements précis – et qui parlent d'un air entendu, se sachant détenteurs d'une conscience dans laquelle il entre de la science.

L'échec séculier leur confère aujourd'hui une noblesse triste et blessée; une ironie, parfois, qui pourrait être amère et veut demeurer bienveillante. Guido était ainsi.

Et cette histoire d'affiches l'intéressa beaucoup, comme un symptôme inattendu intéresse un médecin expérimenté. C'était nouveau. Il y avait des questions à se poser.

Il se promit de chercher à comprendre, et, lorsqu'il trouva dans son casier un petit mot du père Beato, lui demandant de bien vouloir prendre contact avec lui, il songea qu'il allait le faire sans tarder.

Que l'aumônier, que le délégué syndical se fussent intéressés de près au cas Gentile, c'était naturel, c'était prévisible. On ne peut pas en dire autant de la troisième personne qui, informée par le journal quotidien, où le saccage de Porte-Neuve avait fait l'objet de quelques lignes, en conçut aussitôt la plus vive curiosité. Une personne ? Disons plutôt une comète, qui allait fondre sur le pompier Gentile. Une comète, une météorite, un astéroïde qui dès le lendemain des faits, à son insu, déjà fusait vers lui à travers les espaces intersidéraux et dont la trajectoire se destinait, avec une parfaite rigueur astronomique, à percuter son existence.

Son nom : Aspasie.

Ce que faisait le capitaine Gentile à l'abri de son congé exceptionnel

À l'abri de son congé exceptionnel, le capitaine Gentile s'était claquemuré chez lui.

Il habitait un appartement proposé par le service social des fonctionnaires, et qu'il trouvait trop grand pour lui, bien qu'il ne comportât que deux pièces, ainsi qu'un vestibule et une étroite cuisine donnant sur la cour. Il faut s'attarder sur ce « trop grand ». Le fait est que les proportions en étaient quelque peu exagérées, notamment la hauteur sous plafond. L'immeuble avait été construit en 1948, comme tous ceux du secteur, à l'emplacement des quartiers bombardés. Il fallait alors réconforter les populations, affirmer des ambitions d'avenir, et les architectes avaient pu, dans une certaine mesure, lâcher la bride à leur utopisme, donner dans le symbolique et le monumental. Ainsi la partie de façade en surplomb où se trouvait l'appartement du capitaine Gentile était-elle soutenue par un atlante courbant le dos, l'air douloureux, la cuisse et le jarret en angle aigu gonflés par l'effort : il représentait le courage des habitants rebâtissant leur cité détruite.

Édifiée quatre siècles plus tôt par décision royale, tracée au cordeau, magnifiée et ornée par trois ou quatre générations d'architectes, la ville avait perdu, en raison des opérations aériennes de 1944, un quart environ de sa partie la plus ancienne, celle comprise dans les fortifications du XVIIIe siècle. Un an auparavant, la gare de Porte-Neuve avait vu passer de tragiques cortèges, poussés à coups de pied et de crosse vers des trains qui ne reviendraient plus.

Un hôtel, non loin de là, avait été en 1938 le théâtre d'un étrange drame. Un médium, qui produisait son spectacle de « voyance » un peu partout sur les scènes de l'Europe, s'était donné la mort dans une chambre. Or, quelques jours plus tôt, à l'occasion d'une séance privée, qu'avait organisée un club local de spirites, il avait provoqué le trouble et le scandale en prophétisant la guerre, les larmes et l'extermination – et, au plus fort de la transe, en appelant de ses vœux cette irréparable horreur. Les minutes de l'association spirite en faisaient foi pour l'avenir. L'affaire s'était compliquée par la suite, lorsqu'un étudiant, ayant pris ce fait divers comme sujet de son mémoire, avait découvert qu'il était de mère juive.

Tels avaient été les drames de la guerre. Par la suite, l'essor rapide de l'industrie mécanique avait fait exploser la ville, couvrant la périphérie d'usines, de rails, de banlieues ouvrières, l'accroissant d'une population aspirée dans les campagnes environnantes ou plus loin, en Turquie, en Afrique. Il y avait eu des mouvements sociaux, de grandes grèves. Un syndicat efficace et puissant menait tout cela, organisant des rassemblements, des fêtes jonchées de drapeaux rouges, au cours desquelles venaient « manifester leur solidarité » des chanteurs, des écrivains, des gens de théâtre.

La réduction de l'activité au profit d'autres usines, établies à l'étranger, ainsi que la diversification des investissements (les dirigeants s'étaient intéressés à la télévision, à l'informatique, au tourisme), s'ajoutant à la perte de crédit du socialisme international, avaient, depuis quinze ou vingt ans, comme partout ailleurs, disloqué les cortèges, brouillé les perspectives et brisé les élans. Guido le syndicaliste parlait quelquefois de ces choses et soutenait que la lutte des classes n'avait pas cessé ; mais l'atlante de la façade, au-dessous des fenêtres de Gentile, semblait, sous son fardeau, plus triste.

(Se consolait-il lui aussi avec le football, les jours de grands matchs ?)

Quoi qu'il en soit, Gentile s'était donc claquemuré chez lui, ce chez-lui qu'il trouvait trop grand, sans doute pour ne l'avoir pas assez meublé. Mais quels meubles y aurait-il installés ? Il n'était pas homme à acheter des meubles.

Il contemplait, à travers le balcon trop étroit, la place avec ses cafés, ses voitures, ses arbres ; et il fumait, ce qui ne lui était pas arrivé depuis ses dix-huit ou dix-neuf ans.

Le détail est d'importance. L'impeccable pompier Gentile s'était mis à fumer comme une cheminée. L'impeccable pompier Gentile foutait le feu à des clopes.

Il passait beaucoup de temps sur son canapé-lit ; regardait au hasard des programmes de télé, sans les suivre ; buvait, selon l'heure, du café ou des bières ; descendait une fois par jour manger quelque chose au bistrot d'en bas ; et fumait.

Un chagrin profond, lourd, définitif, un dégoût de soi l'habitaient. Le parcouraient des ondes violentes, douloureuses, qui s'apaisaient peu à peu, ne laissant que mélancolie, pour se reformer un moment plus tard. En d'autres instants un gémissement sortait de lui, presque un cri. Et il marmonnait « pauvre con, pauvre con ».

Personne n'aime à être malheureux ; mais se sentir malheureux et en outre, à ses propres yeux, ridicule, est la pire disgrâce. Comment aurait-il pu expliquer, raconter ? Il revoyait son acte, ses actes, et son accablement n'avait pas de bornes. Le tribunal, les panneaux à rembourser, la commission disciplinaire, il s'en fichait bien. Mais la dérision.

Ce n'était pas dans un état de dépression déclarée, d'hyperexcitation visible, d'ébriété moins encore, que le capitaine Gentile avait saccagé les panneaux d'affichage et les affiches qu'ils contenaient. Au contraire : tout s'était déroulé posément, sans aucune précipitation. Il passait par là, triste et vide, et il s'était arrêté devant ces huit photographies, pimpantes sous le verre. Et la nécessité de les détruire lui était apparue, évidente, avec la logique de fer qui s'impose dans les rêves, si surprenante et loufoque quand on la considère une fois réveillé.

Comment dire ? *C'était elles ou lui.*

Les gens passaient de part et d'autre de lui immobile. Il cherchait dans son subconscient une information récemment emmagasinée, il en était sûr, et dont il avait maintenant besoin. Qu'est-ce que c'était donc ?

Il trouva. À l'entrée du grand hall, un instant plus tôt, il avait machinalement observé qu'on venait de démolir un petit édifice, sans doute un vieux kiosque de presse. Des déblais étaient entassés derrière une barrière métallique transportable. Il devait y avoir là ce qu'il lui fallait. Il y retourna, et en effet, il ne se trompait pas : à la surface du tas se trouvait un tube métallique, un fragment de canalisation, renflé en carré à son extrémité pour s'adapter à un autre élément. Paisiblement, comme il aurait acheté un journal ou retiré de l'argent à un distributeur, il s'empara de cette ferraille longue d'une soixantaine de centimètres. Puis, d'un pas nonchalant, il revint vers les panneaux d'affichage. Il n'avait plus qu'à agir.

Il se campa face au premier panneau, solidement, un pied en avant, l'autre en arrière. Il leva sa massue à deux mains comme une cognée de bûcheron et l'abattit, de toute sa force.

Le quadrilatère de verre explosa en une multitude de fragments dont une partie, autour de l'impact, se répandit sur le sol. Utilisant alors son instrument comme un soc, il laboura l'affiche elle-même, qui se froissa et se déchira. Il s'avança vers le deuxième panneau.

Il ne prêtait aucune attention à ce qui l'entourait. C'était comme un film arrêté; les passants, surpris et cloués au sol, le regardaient.

Le deuxième panneau explosa à son tour, un éclat se ficha dans sa main. De l'extrémité carrée du tuyau, il racla l'affiche de bas en haut, puis il s'avança vers le troisième.

Il eut le temps de venir à bout des quatre, de traverser la galerie et de s'attaquer à ceux d'en face. Mais, comme il s'apprêtait à pulvériser le septième, un bruit de pas précipités se fit entendre derrière lui et il fut saisi, désarmé, cramponné par les vigiles. Il se laissa emmener, croisant des visages étonnés, inquiets ou hilares. Un petit garçon blond d'une dizaine d'années le scrutait gravement.

Voilà. Il avait fait cela. Il avait réellement vécu ces instants, vu exploser le verre, entendu le bruit de papier déchiré, senti sur lui les mains qui l'empoignaient. Rien ne pourrait plus jamais faire que cet épisode n'appartînt pas à son passé. Il fallait l'assumer. Comme tant d'autres moments pitoyables de sa vie. Et il ne savait plus s'il pouvait assumer.

Qu'allait-il devenir ? Ah, oui, il s'en foutait bien, du tribunal, et du « suivi psychologique » et de tout ce qu'on pouvait lui dire. À qui, et comment, pourrait-il jamais avouer la vérité sur ce qui l'avait conduit à ce consternant, ce désastreux, ce grotesque épisode ?

Grotesque : voilà le mot. Grotesque. Et avant l'épisode des affiches, l'épisode Lisia. Et avant l'épisode Lisia, l'épisode Santa Tela... Bien d'autres. Tous les accomplissements secrets et fatals de l'être-Gentile.

Essere Gentile.

Alors, du fond de ses désarrois et de ses déroutes, de l'horizon même de la vie, se dressait, impitoyable et accablante, habituelle et sardonique, invariable, inévitable, l'ombre de Nero.

Où l'on apprend qui est la comète Aspasie

Aspasie avait alors vingt-huit ans. Depuis un an, au moment où commence ce récit, elle vivait seule. Précédemment, elle avait connu ou cru connaître une grande passion. Il avait fallu trois ans pour que la grande passion se muât insensiblement en un collage sordide, avec un garçon dont elle se rendait compte qu'il cherchait principalement à vivre à ses crochets. Tout le reste, ce qu'il avait pu y avoir entre eux de désir, de complicité ou de tendresse, s'était évanoui, Dieu sait comment, au fil des jours. Elle avait mis plusieurs mois à s'arracher à cette histoire.

Lassée d'une vie amoureuse où les trivialités quotidiennes succédaient invariablement aux magies initiales, elle maintenait depuis lors les distances. À deux reprises même, la seule idée qu'il aurait pu se passer quelque chose avec tel ou tel homme de rencontre lui avait suffi pour n'aller pas plus loin.

C'est dans cette période qu'était né un projet singulier.

Car, si Aspasie en était venue à se méfier des aventures, elle n'en avait pas moins envie, davantage peut-être, de rencontrer des hommes, plusieurs, et de fort différents. Elle avait l'impression de n'avoir jamais rien compris à ce qu'ils étaient. Elle voulait prendre le temps de les observer. Elle voulait explorer, se poser des questions, en chercher les réponses, sans que le sentiment amoureux vînt tout brouiller.

(Voulait-elle cela en réalité ? Savons-nous jamais ce que nous voulons ? Elle pensait en tout cas qu'elle voulait cela, c'était ainsi qu'elle se formulait les choses à elle-même.)

À ce désir, elle avait trouvé une issue grâce à son métier. C'était son métier que de s'interroger sur toutes sortes de sujets, encore que « s'interroger » ne soit peut-être pas le mot qui convient. C'était son métier que de découvrir des aspects de la réalité peu commentés, peu aperçus, des thèmes justifiant que l'on en parlât.

« En parler ». C'était le mot. Aspasie vivait dans l'univers du « en parler ». Il faut en parler, on devrait en parler, pourquoi on n'en parle pas, et si on en parlait.

Elle s'était donc mis en tête qu'on ne « parlait » pas assez des hommes. Dans le magazine où elle travaillait, on parlait des femmes. On parlait partout et toujours des femmes. Mais bien peu des hommes.

Aspasie avait résolu de parler des hommes. Mieux encore : de faire parler les hommes. Elle avait bâti des théories sur le malaise masculin au temps du féminisme triomphant, leurs difficultés à s'y adapter, etc. Elle s'était attachée à l'idée de constituer avec tout cela un livre qui pourrait s'intituler *Paroles d'hommes.*

Des hommes concrets, qui aborderaient les dimensions les plus intimes de leur vie et de leur sensibilité. Elle rêvait de vécu, de confidences, de masques jetés. Elle rêvait de leur faire dire ce qu'ils ne disaient jamais, ni à leur femme, ni à leurs amis.

Elle se sentait parfaitement capable de les faire parler, les hommes, avec une tendresse inquisitrice et gourmande, amusée, gentille, impitoyable aussi.

Elle avait commencé sa série d'entretiens.

C'était bien sûr un terrain glissant. Il s'agissait d'entrer en relation avec des types qu'elle ne connaissait pas, et d'empêcher que les intéressés ne se fissent des idées, que la séance de confidences ne tendît à dégénérer. Elle se prémunissait de diverses façons : en choisissant des amis d'amis, qui redouteraient qu'elle n'allât tout raconter si leur comportement laissait à redire; en rencontrant l'épouse ou la compagne quand il y en avait une, en lui prodiguant les marques d'attention et de sympathie; en mettant les points sur les i, à l'occasion, de façon aussi claire, ferme et aimable que possible; en arrivant aux rendez-vous vêtue d'un pantalon de velours et d'un pull, les cheveux tirés par un élastique, les lunettes sur le nez, traînant un gros cartable, bref, aussi peu sémillante que possible.

Il s'en était bien trouvé un, plus bête que méchant d'ailleurs, pour l'inviter chez lui et lui sauter dessus au bout d'une demi-heure; elle l'avait immédiatement rayé de sa liste. Mais dans l'ensemble, les incidents étaient rares : les mecs étaient civilisés. Tout au plus fallait-il s'arranger pour éteindre, dans leur regard, par moments, la lueur d'un timide espoir.

Elle avait déjà dans sa collec' un médecin, un vendeur de voitures, un étudiant en philo. Elle avait retranscrit les entretiens sur son ordinateur. Elle les entrecoupait de ses propres remarques. L'ensemble composait pour l'heure un fichier d'environ soixante mille signes-espaces.

Pour un peu, elle aurait cru que cela pouvait servir à quelque chose. Ce qui est sûr est que cette idée, d'une certaine façon, la justifiait à ses propres yeux. C'était un protocole installé entre elle et la vie; une sorte de plaque tournante. À quoi cela répondait en elle, elle ne se le demandait pas trop. On trouve quelquefois, dans la vie, des réponses, qui précèdent les questions et les masquent.

C'est dans ce contexte qu'elle apprit le fait divers survenu à la gare de Porte-Neuve. Cela produisit en elle un éclair.

Aspasie connaissait ce pompier.

À l'occasion de son exploit, un an plus tôt, elle lui avait consacré un papier, dans le genre « people », pour un hebdomadaire où elle pigeait à ce moment-là. Elle était allée le voir, il lui avait fait visiter l'Unité centrale et découvrir l'univers des pompiers, un de ces envers de la vie quotidienne dont on ne se préoccupe qu'en cas de besoin, mais qui ne nous oublient pas quand nous les oublions.

Elle avait éprouvé de la sympathie pour ce type réservé, un peu triste, semblait-il, mais doué d'une présence physique bienfaisante. Touchant, au total. Le sentiment l'avait même effleurée que dans d'autres circonstances, « elle aurait pu ». Dans quelles circonstances, au juste ? Elle ne le savait pas, ne se l'était pas demandé.

Et voilà que le même bonhomme s'était emparé d'une barre de fer, afin de saccager des panneaux d'affichage dans un couloir de gare.

C'était bien sûr le geste absurde d'un homme paumé, démâté. Elle supposait d'instinct un malheur amoureux. Et ça l'intéressait, le malheur amoureux. Mais du malheur amoureux et des actes qui le traduisent, il y en a partout. Le cas du pompier Gentile offrait davantage : une esthétique. Ce n'était pas le gugusse lambda, c'était un personnage.

Elle allait reprendre contact. Il ne voudrait pas ? Mais si, il voudrait. Il ne parlerait pas ? Mais si, il parlerait. Elle saurait l'y conduire. L'aveu était son métier, l'extirpation son affaire, l'*outing* sa vocation. Il lui fallait ce pompier dans sa collec'.

Le diable à l'arrêt d'autobus

On le tenait pour certain : l'incendie qui avait failli faire disparaître à jamais la Santissima Tela n'était pas d'origine accidentelle. Les journaux avaient parlé de trois foyers repérés par les enquêteurs. Or, cela relevait du meurtre en chambre close, cher aux auteurs de romans policiers. La porte donnant sur la rue n'avait pas subi d'effraction. Les trois clefs existantes (celle du curé, celle des Monuments historiques, celle des pompiers) n'avaient pas été volées ni perdues. Le second accès possible était la porte communiquant avec le palais dont la chapelle faisait partie intégrante. Il s'y déroulait ce soir-là le banquet de clôture d'un congrès d'élus municipaux. À supposer que les incendiaires se fussent glissés dans l'assistance, ils eussent été dans la nécessité de franchir trois portes, au total, avant de parvenir à la chapelle.

L'émotion avait été vive, en raison de la célébrité mondiale de la relique, et de l'attachement qu'avaient pour elle les habitants de la ville, y compris les indifférents à sa signification religieuse. C'est quand une chose vient à manquer, ou quand surgit la perspective d'une disparition possible, qu'on en découvre réellement la valeur. Ce linge mystérieux avait toujours suscité une grande ferveur populaire, marquée par les petits noms familiers qu'on lui donnait : « il Telone », « il Tendaggio », voire « la Figuraccia ». L'époque moderne n'avait en rien entamé cette vénération; les expertises scientifiques, en se révélant incapables de dissiper le mystère, avaient même eu pour résultat de la relancer. En sorte que le pompier Gentile avait été, durant quelques jours, un héros presque aussi populaire que le joueur-vedette du Football Club.

En même temps, ce bizarre attentat avait accru la part d'ombre qui depuis toujours nimbait le Telone. Cette toile avait enveloppé le corps d'un homme flagellé, couronné d'épines, crucifié. Si ce n'était pas le corps de Jésus – ce dont plusieurs doutaient, pour des raisons de datation – de qui donc ?... La perte d'influence de l'Église catholique, au cours des dernières décennies, avait laissé le champ libre à toutes sortes de spéculations, aux divagations paramystiques les plus saugrenues. Des rumeurs circulaient. On parlait à mi-voix de groupes convulsionnaires ou illuministes; et plus bas encore, de sectes nécrophiles, pour qui l'ouverture du Sépulcre semblait en définitive plus importante que la Résurrection elle-même. Une affaire de tombes profanées dans le cimetière de l'Est avait incité les autorités religieuses à une prudence accrue. Le clergé catholique lui-même en venait à se méfier du Telone.

L'incendie devait renforcer encore cette paradoxale mise à l'index. Ce drap marbré de taches et de lignes à peine déchiffrables à l'œil nu semblait irradier. Tout ce qui tournait autour de lui était empreint d'énigme et d'ambiguïté.

Comme les autorités romaines au lendemain de la Résurrection, les enquêteurs s'étaient donc trouvés face à un épais mystère. L'ensemble des personnels de service et de sécurité présents au palais le soir de l'incendie, de même que tous les participants au banquet, avaient fait l'objet d'enquêtes approfondies. Les existences (revenus, familles, fréquentations, accointances) avaient été passées au peigne fin. Pas la moindre piste n'était apparue.

Le commissaire chargé de coordonner l'enquête avait sollicité une audience auprès de l'archevêque.

– Est-ce à l'Église qu'on en veut ? avait-il demandé.

– Je ne crois pas qu'on puisse formuler la chose ainsi, objecta le monsignore, à moins de supposer les auteurs de cet acte fort mal renseignés. Or ce ne sont pas des amateurs.

L'Église ne fait pas de cette relique un objet de foi. Dieu a voulu que le doute fût permis sur sa nature véritable. C'est donc aux fidèles de juger par eux-mêmes, en tenant compte des observations scientifiques qui ont été faites. Mais à défaut de vous dire ce que vise l'attentat, je puis vous dire à quoi, peut-être, il touche. Supposez-le réussi : il attriste, il décourage. Il déprime. Je vais prendre une comparaison qui vaut ce qu'elle vaut. Hitler, vous le savez, ordonna de détruire Paris. Il avait déjà perdu la guerre, et il savait bien que ce n'était pas cela qui retournerait la fortune. Que voulait-il ? Il voulait faire mal, blesser, injurier l'avenir. Voyez-vous, il me semble que la destruction de la Santissima Tela, toutes proportions gardées, eût été de nature analogue. Supposez une bombe anéantissant le Mur des Lamentations ou la Pierre noire de La Mecque. Ne sentez-vous pas qu'au-delà des croyants du judaïsme ou de l'islam, c'est l'humanité qui serait touchée ? Supprimer des vies humaines est certes abominable, mais je me demande si la destruction d'une œuvre d'art, ou d'un objet vénérable comme celui-là, ne l'est pas tout autant, car on s'en prend alors à ce par quoi les hommes cherchent à transcender – et, dans une certaine mesure, transcendent effectivement – leur condition mortelle. Pour ceux qui ne croient pas, le religieux relève du culturel; mais, si le trésor culturel disparaît, la blessure est du même ordre. Plus grave encore, peut-être, car au croyant, il reste au moins son Dieu.

– Mais qui peut décider de telles agressions ? Des services secrets ? Une mafia ? Cherche-t-on à exercer un chantage ?

– *Et puis Quelqu'un paraît, que tous avaient nié*, prononça mystérieusement l'ecclésiastique. Je crains fort qu'une approche classique ne soit pas opérante dans une telle affaire. Vous le savez bien : hormis quelques survivances devenues folkloriques, il n'y a plus en ce monde de « méchants » identifiés et totalement séparables du reste. Le Mal, en cette époque, a fondu comme le sucre dans l'eau. Et c'est à la faveur de cette dissolution que Satan a fait sa rentrée dans le monde, comme jamais...

L'enquêteur était reparti à la fois frustré, sceptique et mal à l'aise. Cette histoire de Mal dilué dans tout ne lui plaisait guère. Au volant de sa voiture, il jetait des regards scrutateurs sur les avenues, les vitrines, les façades – comme s'il allait soudain apercevoir le diable à un arrêt d'autobus.

Ce que représentaient les affiches saccagées

Les affiches saccagées, qui constituaient une publicité pour la marque de prêt-à-porter Celi*man*, représentaient quatre scènes (chacune donc répétée, de part et d'autre de la galerie) de « drague » manifeste, ou, si l'on préfère, de naissance perceptible d'une complicité amoureuse, entre des hommes et des femmes de vingt-cinq à trente ans. Nous disons « perceptible » et « manifeste » en raison du caractère emphatique de ces images, qui visaient à passer pour des instantanés, alors qu'elles étaient bien sûr composées avec le plus grand soin, en fonction d'une exigence d'intelligibilité immédiate.

Ainsi, sur l'une d'entre elles, voyait-on « le mec », à une table de jardin ou de café, une cheville sur le genou, l'autre genou soutenant le coude, et se mordillant le doigt replié en considérant « la nana », amusé, le regard en dessous, intentionnellement et parodiquement canaille;

elle souriait, les yeux baissés, acquiesçant déjà tout en feignant de ne pas l'avouer.

Les trois autres images figuraient des moments analogues dans des circonstances différentes : ils étaient debout, un verre à la main, au cours d'un cocktail; ils sortaient d'un cinéma; ils se rencontraient au pied d'un escalator, dans le hall d'un immeuble de bureaux. Des silhouettes floues, en arrière-plan, soulignaient par contraste le ravissement réciproque isolant soudain les deux protagonistes.

Composition, éclairage, relief mettaient l'accent sur l'homme, et en particulier sur ses vêtements, pull, blue-jean, chemise, veste, imper, suivant le cas, Celi*man* étant spécialisé dans l'habillement masculin.

À l'ordinaire crétinerie du message (portez des vêtements Celi*man*, vous ferez de belles rencontres amoureuses) se superposaient, d'une part, le caractère pitoyablement kitsch de la représentation, une rhétorique pesante du léger, du « sympa », du « jeune »; d'autre part, la sollicitation de complicité, présupposant que le quidam de passage était heureux de s'identifier à l'une ou l'autre des têtes à claques représentées.

C'est précisément cet effet d'identification qui n'avait pas été obtenu du *prospect* Gentile; et non seulement il n'avait pas été obtenu, mais il s'était transformé en son contraire, une aversion et un rejet exprimés sans ambages, « au moyen d'un fragment de canalisation métallique », pour reprendre les termes du procès-verbal.

Les policiers n'avaient pas cherché à voir dans cet acte autre chose qu'un délit, la destruction matérielle de panneaux publicitaires. La hiérarchie des sapeurs-pompiers s'était inquiétée d'un symptôme de déséquilibre mental, et plus encore d'une transgression de ses règles les plus élémentaires : un pompier qui se livre à des déprédations, c'est aussi inquiétant qu'un gendarme qui vole. Mais seuls Aspasie et le père Beato s'interrogèrent plus particulièrement sur le rapport pouvant exister entre l'acte de Gentile et le contenu des affiches.

Aspasie connaissait cette campagne publicitaire, dont l'équivalent avait été publié dans les pages de son magazine. Quant au père Beato, il se rendit bravement dans une boutique Celi*man*, afin de se renseigner; on lui donna un catalogue où figuraient les mêmes photographies.

L'un et l'autre considérèrent pensivement ces images anodines. Ni le religieux ni la journaliste ne parvenaient à comprendre ce qu'elles avaient pu déclencher dans l'âme du malheureux.

Qui était ce type ? Que vivait-il, qu'avait-il vécu ?

Aspasie, on l'a mentionné, plaça d'emblée du côté de l'amour l'origine du trouble; c'était vraisemblable, et le prêtre en jugea de même. Mais, alors que pour la jeune femme, la question amoureuse apparaissait comme recelant l'alpha et l'oméga de l'affaire, et de façon plus générale, l'amour comme l'enveloppement ultime de l'existence, au-delà duquel il n'y avait rien, le père Beato l'intégrait à une problématique plus vaste, celle du devenir d'une âme; mystérieuse aventure, dont la vie amoureuse d'un être humain n'était qu'une expression, une face visible, qui lui demeurait à lui-même en partie incompréhensible, tant qu'elle n'était pas reliée à cet arrière-plan ténébreux et majestueux.

Guido, le délégué syndical, lui avait téléphoné. Trois jours après la réunion de la commission disciplinaire, ils parlèrent, tous les deux, en faisant les cent pas dans une cour de caserne.

– Il me semble, disait le père Beato, que cet homme est dans une profonde détresse, et qu'il ne suffit pas de le renvoyer chez lui avec pour consigne de consulter un psychologue.

– C'est aussi mon avis, acquiesça Guido. Cela dit, la commission ne fait que ce qu'elle sait faire. Ils ont admis de ne pas le sanctionner. C'est déjà beaucoup.

– En effet. Mais nous devons nous occuper de lui, n'est-ce pas ?

– Bien sûr.

– Le connaissez-vous bien ?

– Depuis l'enfance. Nos familles étaient voisines. Je suis plus âgé que lui, je l'ai vu grandir.

– Il fait partie de votre syndicat ?

– Disons qu'il paie sa cotisation, pour me faire plaisir. De temps en temps, nous prenons un verre ensemble. Il vient parfois à la maison, quand il y a un bon match à la télé.

– Pensez-vous qu'il soit croyant ?

– Oh, alors là...

Le ton était éloquent. Il n'y avait manifestement pas à faire fond sur les sentiments religieux du pompier Gentile.

– Quoi qu'il en soit, dit le père Beato, j'aimerais le rencontrer. Pouvez-vous m'y aider ?

– Difficile. Je l'ai déjà appelé chez lui. Il se dérobe. Je pense qu'il est humilié. Si en plus je lui amène un prêtre !... Pardon, je plaisantais. Mais vous voyez bien quel problème cela pose. Il n'a pas envie d'être la bête curieuse.

– Bien sûr, bien sûr. Mais enfin, vous n'êtes pas contre le fait d'essayer ?

– Évidemment, que je ne suis pas contre... Et si nous dînions tous les trois, un de ces soirs ? Je dois pouvoir le convaincre.

– J'en serais très heureux.

Dans les machines, ou : le corps de la voisine du dessous

« Oh, il pleure ! Oh, il pleure ! Oh ! il pleure ! »
Le câble du rameur en se déroulant produisait à chaque traction sa chanson monotone, où semblaient se former ces paroles lointaines, apitoyées et moqueuses à la fois. Les moniteurs appendus aux poutrelles métalliques diffusaient des images de sport et nature, accompagnées des tubes d'une radio commerciale avec cadeaux à gagner. De l'autre côté des vitres, au fond de la salle, des minettes en collant s'agitaient en cadence sur une autre musique, que l'on n'entendait pas.

On ne peut pas rester éternellement vautré sur son clic-clac en fumant des cigarettes : docilement, comme il faisait tout, respectant les engagements pris, Gentile était retourné au club de gymnastique.

La salle d'entraînement des pompiers étant vétuste, et les crédits manquant pour la refaire, un accord avait été passé avec ce club privé proche du centre-ville, et d'accès commode.

« Oh ! il pleure ! Oh ! il pleure ! » Quel diablotin ou quel ange suscitait dans le jeu du câble cette antienne obstinée ? À la quinzième minute, Gentile interrompit les manœuvres, et resta un instant encore assis sur la machine, s'épongeant la figure et le cou.

Il aimait la gymnastique, il aimait transpirer. C'était un domaine dans lequel il s'épanouissait. Il trouvait une satisfaction profonde à se décarcasser résolument dans ces machines complexes et ingénieuses, le fauteuil à quadriceps, la chaise Ischios au nom redoutable évoquant on ne sait quel damné de la mythologie.

Puis c'étaient les poids poussés à bras tendus, vers le bas, vers le haut, ou à l'inverse tirés à soi, dans la constriction des dorsaux. Ensuite, l'affermissement du corset abdominal, l'inlassable corroyage d'une ceinture de muscles. Les jambes, enfin, à plat ventre sur la banquette de cuir, les mains arrimées aux poignées latérales, les chevilles jetant vers le haut le cylindre enveloppé de cuir, relié aux lingots de métal noir – on avait l'impression de la baiser, cette foutue machine...

Oui, il aimait ce travail de manœuvre, de galérien auquel les hommes, en venant ici, se condamnaient délibérément et avec sévérité. Il ressortait de là se souvenant avec bonheur de la sudation, éprouvant sa propre présence, vivante et chaude, flexible et robuste, plantée dans le sol, accrochée à la terre.

C'était comme le dernier refuge du sentiment d'exister. Il était au moins cela, on ne le lui enlèverait pas : ce solide corps d'homme, cet assemblage ligamenté, des jarrets, un râble, une caisse à soufflets. L'atlante de la façade.

Qu'en ferait-il ? C'était une autre question. On ne lui demanderait plus de sitôt de grimper à l'échelle, de se hisser à des faîtes, à des rambardes, de se charger d'un corps malade ou blessé. En raison de son grade, en raison aussi des évolutions techniques. On commençait à édifier des bâtiments « high-tech » où il n'était pas même nécessaire d'envoyer des véhicules et des équipes en cas d'incendie. Aussitôt que les détecteurs enregistraient une température anormale, l'alarme était transmise à l'unité centrale par intranet; paraissait à l'écran la coupe de l'édifice, où clignotaient les points de sinistre; on commandait alors sur le clavier le déclenchement des signaux sonores, on activait le fléchage d'évacuation et la fermeture des écrans coupe-feu, l'aspersion d'eau ou de neige carbonique. On envoyait en même temps une voiture de contrôle, et l'on peaufinait sur place, avec le terminal de bord, le procès-verbal aussitôt craché par l'imprimante. Gentile avait suivi un stage sur les mutations en cours du métier. Le *différentiel formation* entre équipes d'infrastructures et équipes d'aide aux personnes allait passer de 25 à 45 pour cent dans les cinq années à venir. Et l'objectif était bien que les équipes d'infrastructures fussent de moins en moins exposées, le « taux estimé de dangerosité » devant être ramené à moins de 15 pour cent.

Plus besoin d'avoir de gros bras. Donc, en réalité, plus besoin d'aller faire de la gym. Et quant à ceux qui n'étaient même pas pompiers, qu'est-ce qu'ils foutaient là ? Que cherchaient-ils ? À être beaux ? À être, tout simplement ? Oui, à être ; à se constater.

Il y avait une autre réponse, que Gentile connaissait. Ils espéraient ainsi se présenter aux femmes sous un meilleur jour. Lui-même, plusieurs fois déjà, s'était dit que ce corps échauffé, manœuvré, affermi, servirait éventuellement à donner un peu de plaisir à la voisine du dessous.

Elle fermerait les yeux en soufflant fort, crispant les muscles adducteurs ou, au contraire, en relâchant l'effort.

Son histoire avec Lisia, les raisons de son désastreux aboutissement, survenu trois ou quatre mois avant l'épisode des affiches lacérées à Porte-Neuve, tout cela sera raconté en son temps. Dans l'intervalle, Gentile avait eu une aventure avec une femme venue emménager dans le même immeuble, deux étages plus bas ;

s'il n'est pas abusif d'appeler « aventure » une histoire prévisible, prévue et cousue de fil blanc.

Elle venait de quitter son mari. Elle ne s'était guère attardée sur le sujet, laissant supposer toutefois des brutalités, de sales souvenirs. Elle avait provisoirement confié son fils à une grand-mère, le temps de s'installer. Gentile comprit tout de suite qu'ils coucheraient ensemble, qu'elle ne serait pas contre le fait de coucher avec lui, et qu'il ne résisterait pas, ne disons même pas au désir, mais à la possibilité de coucher avec elle.

Elle s'appelait Thérèse, elle avait trente-huit ans, les traits un peu lourds, un corps solide et plutôt appétissant, et la capacité psychologique à reconnaître sans complications d'aucune sorte qu'ils pouvaient coucher ensemble.

Cela eut lieu, deux fois, trois fois, ils poussèrent même l'intrigue jusqu'au restaurant du samedi soir, à la piscine du dimanche vers onze heures. Très vite, Gentile se posa la question, dont la réponse n'était pas si évidente que ça, de savoir si elle n'allait pas rêver de l'accrocher, de le rendre amoureux d'elle. Il redouta les sentiments qu'elle pouvait concevoir, il en guetta les signes. Il s'alarma qu'elle eût cherché, la deuxième nuit, à s'endormir avec la tête dans le creux de son épaule.

La réalité, c'est que d'emblée, avant même qu'elle n'eût commencé, il avait eu honte de cette histoire. Il avait eu honte d'aller au restaurant et à la piscine avec elle. Il ne voulait pas de la voisine. Il détestait la voisine, il détestait l'idée d'avoir fait l'amour avec elle. D'ailleurs il n'avait pas fait l'amour avec elle, il l'avait tirée, voilà. Et il avait honte d'avoir tiré la voisine uniquement parce qu'il était possible de tirer la voisine.

En continuant de creuser, il s'apercevait qu'il avait également honte de s'être alarmé qu'elle eût cherché à poser la tête au creux de son épaule. Tout ça était lamentable, dégueulasse. C'était comme s'il avait abusé d'elle.

Il tentait de se rassurer. Il ne l'avait contrainte à rien, après tout ; à trente-huit ans, n'était-elle pas en état de savoir avec qui elle voulait ou non coucher ? Ouais... On pouvait s'en remettre à ça. S'abriter derrière ça. Ce sont les choses que l'on dit ; la réalité ne leur ressemble guère. Gentile pensait au fond de lui que c'était faux. Il la sentait fragile.

Il y avait là une blessure ; la blessure du cœur, qu'on ne sent pas forcément, mais qui est faite.

D'un autre côté, qui se gênait ? Sûrement pas elles. Ah, comme elles jouent avec les hommes, quelle superbe indifférence... On remarquera ce passage du singulier au pluriel dans la pensée gentilesque. Pluriel qui l'absolvait de ce qu'il se reprochait à lui-même : si *elles* étaient ainsi, l'une, prise au hasard, pouvait bien trinquer pour les autres, n'est-ce pas ?

Personne, jamais, ne se gênait. Sitôt que l'on ouvrait les portes du cœur, quelqu'un entrait, qui faisait du dégât.

Lisia. Comment pourrait-il un jour, et à qui, raconter, avouer l'histoire Lisia ?

Quoi qu'il en soit, depuis son exploit de Porte-Neuve, il n'avait plus revu Thérèse. Sans doute avait-elle lu, dans le journal, les quinze maudites lignes le concernant ? Elle devait se cacher de lui. Il devait lui faire peur. Oui, c'était cela : elle avait peur, à présent.

La séance de gymnastique terminée, il regagna le vestiaire, se déshabilla, demeura longtemps sous la douche. Une soirée vide en perspective. Il boirait des bières, dans l'espoir de s'assommer un peu. Il n'avait guère envie d'être seul, mais il se rappela qu'il n'avait guère envie non plus de voir quelqu'un. Deux heures plus tôt, il avait soupiré lorsque Guido lui avait proposé de se retrouver à dîner, le lendemain, dans leur trattoria habituelle.

– Ah, et puis, si ça ne t'ennuie pas, le père Beato, l'aumônier, se joindra à nous. C'est un bon type, ça fait longtemps que je voulais lui proposer... C'est sans doute pas très drôle, une vie de prêtre.

Le moyen de dire non. Bien entendu, il n'avait pas cru un instant que Guido eût invité ce prêtre par hasard, ce jour-là, et avec lui. Que lui voulaient-ils, tous les deux ?

Il parlerait le moins possible. Il se laisserait porter.

Il ne se doutait pas qu'il allait, dans l'intervalle, avoir affaire à bien plus forte partie.

Le jour fatal du sauvetage

– Mais vous voulez quoi, au juste ?

– Vous parler. Enfin, disons plutôt vous interroger.

La voix était douce, gentille, engageante. Le ton même sous-entendait que c'était là une demande parfaitement naturelle, banale.

– Et qu'est-ce que vous voulez savoir ?

– C'est un peu long à expliquer, c'est pourquoi je pense que ce serait mieux de se rencontrer. En gros, je prépare un livre en vue duquel je souhaite avoir des entretiens avec plusieurs personnes... Non, vraiment, je préférerais vous parler de cela devant un café.

Gentile avança, soupçonneux, un pied dans l'eau froide :

– C'est uniquement parce que vous aviez gardé mon nom dans vos archives ? Ou pour une autre raison ?

Savait-elle ? Ne savait-elle pas ? Se doutait-elle qu'il se demandait si elle savait ? Se doutait-il qu'elle se doutait qu'il se demandait si elle savait ? Ce fut elle qui prit l'initiative de briser le cercle.

– Je sais que vous avez flanqué en l'air des affiches à Porte-Neuve, si c'est à ça que vous pensez. Je vous avoue que ça m'intéresse aussi. Mais je n'écrirai rien là-dessus, je ne veux pas qu'on puisse identifier quelqu'un. Ce qui m'intéresse, c'est vous.

Il fut un peu vexé qu'elle eût, et non pas lui, évoqué franchement le problème. Cela prouvait qu'elle était plus directe, plus audacieuse, plus forte. (Eh oui, Gentile, plus forte. Ça t'étonne ?) Ça commençait mal pour l'orgueil du mâle, déjà mis à mal... Il fit tout de même un effort en vue d'instaurer un climat de bonne humeur.

– Je serais curieux de voir comment vous me démontrerez que je puis être intéressant.

– Allez... Demain après-midi, ça vous conviendrait ?

Il avait accepté de guerre lasse.

Après tout, ça ou autre chose. Ça ou rien.

Dans le petit « press-book » de Gentile – le « press-book » ! cet odieux classeur constitué et remis à lui par sa belle-sœur ; cette immortalisation dérisoire, qu'il n'avait jamais eu le courage de jeter, mais dont la seule vue lui arrachait des grognements – dans le press-book, donc, figurait le reportage que cette nommée Aspasie lui avait consacré.

Il se souvenait de cette fille sympathique, expansive, rapide, en salopette, pull et sac à dos, venue bavarder une demi-heure en prenant des notes. Un photographe l'avait préalablement tourmenté durant une autre demi-heure, pour en arriver à la publication d'un cliché que Gentile avait jugé banal. Il avait fait visiter l'Unité centrale à Aspasie. Tout le monde trouvait ça passionnant, l'Unité centrale. Oui, assez mignonne dans sa salopette, les jambières coupées au-dessus des chaussettes, façon corsaire; plutôt mince; sans doute de jolis seins. Les collègues goguenards le regardaient passer avec elle, le héros du jour allait pouvoir draguer...

Et c'était grotesque. *Gentile buffo.* C'était humiliant d'être le sapeur-pompier sauveur du Tendaggio. C'était accablant, de ces accablements que seule parfois connaît l'enfance : accablant comme le vêtement ridicule et imposé, comme la pauvreté que d'autres vont découvrir. Il *désexistait.* « Désexister » était le mot qui lui venait à l'esprit. Elle lui parlait avec enjouement, les yeux rieurs, amicaux, comme elle devait le faire avec tout le monde sans doute, et bien sûr avec lui, personnage pittoresque, amusant, on n'a pas tous les jours à se mettre sous la dent un pompelard ayant sauvé la Figuraccia – de laquelle, d'ailleurs, elle ne semblait pas autrement se soucier. Elle s'était bornée à lui demander s'il était croyant. Croyant ! Il n'aurait plus manqué que ça! *Gentile pio! Gentile edificante!* Non, avait-il répondu, et l'on s'en était tenu là en ce qui concernait la religion, mais que l'on ait pu soupçonner en lui une once de foi chrétienne le gênait comme un malentendu. Enfant, par l'entremise d'une grand-mère, il avait eu quelque idée de ce qu'était une messe, appris deux ou trois prières; il connaissait en gros l'histoire de Jésus. Il était baptisé. Pour le reste, c'est en ce monde qu'il cherchait son bonheur, et des yeux de femme, la ligne d'un menton, la suggestion d'une jupe ressemblaient davantage à l'idée qu'il pouvait s'en faire, à une preuve de son existence, à son indicible promesse.

Il n'avait même pas, en volant au secours de la relique, pris le temps de se dire qu'il risquait sa peau; il ne s'en était pas aperçu. Pourquoi les photos dans la presse, les questions de la télé, toute cette exhibition avait-elle provoqué en lui un tel malaise? Il ne le comprenait pas, mais il avait trouvé affreux d'être ainsi montré et félicité, à travers un acte aussi puérilement héroïque, le genre d'exploit dont à dix ans, en effet, il avait pu rêver. Pompier courageux! Le devoir, l'abnégation, le sacrifice! Qu'on lui versât donc les pots de chambre sur la tête, pendant qu'on y était! Cette histoire avait été un rapt; il avait été soulevé comme un chiot par la peau du cou; il agitait les pattes; « Reposez-moi par terre, s'il vous plaît. »

Il désexistait. Et c'était effondrant, démoralisant. Il n'aurait pas voulu être Gentile, ni le sujet d'un reportage niais sur le pompier qui a sauvé la Figuraccia. Il n'aurait pas voulu être le brave con qui fait visiter l'Unité centrale.

Quelque chose manquait, manquait inépuisablement.

Il en venait à se demander si cet épisode apparemment glorieux n'avait pas été le plus traumatisant et le plus destructeur de sa vie. C'était comme si le sauvetage de la Santissima Tela avait constitué l'ouverture, le prélude à ce qui s'était passé ensuite : l'épisode Lisia, l'injustice absolue, le désaveu infligé par l'existence; tout ce qui, de soupirs en sanglots, de lassitude en violence, de chagrin en haine de soi, de nuits solitaires en voisine du dessous,

ainsi ficelé par de cruels dieux...

l'avait amené pour finir à la gare de Porte-Neuve.

Toute la dévastation et toute la déroute. D'avant, d'après. De toujours. Et maintenant (comme tant d'autres fois, restées secrètes), il avait couru loin du théâtre de son infortune, pour ne pas rester exposé avec son masque dérisoire : le masque de Gentile.

Les masques qu'on choisit sont le signe de la force. Mais celui-là, plaqué à son visage, il ne l'avait jamais choisi. Gentile. Il s'appelait Gentile. On l'appelait Gentile. *Il répondait au nom* de Gentile. Exactement ça. Quelqu'un appelait : Gentile ! Et lui, il levait le nez et répondait au nom qu'on lui avait donné. *Tu es Gentile, et sur cette gentilezza je bâtirai...* Je ferai fond. Crédit ouvert. Fallait pas répondre.

Il ne voulait pas, il n'aurait pas voulu être Gentile, jamais il n'avait voulu cela, il n'avait jamais fait que s'y résigner. Encore l'idée de se résigner suppose-t-elle un temps de réflexion, l'éventualité d'un refus, la possibilité, si mince soit-elle, d'un autre choix. Or il ne se souvenait pas d'avoir perçu d'alternative. Le comportement Gentile, l'*être-Gentile*, lui tombaient dessus à tout instant, étaient toujours-déjà là. L'être-Gentile était une prison.

Voilà tout ce à quoi le renvoyait Aspasie.

Voilà tout ce qui convoquait la ricanante sollicitude de Nero.

Dîner d'hommes

Guido avait téléphoné au restaurant; il serait en retard à cause d'une réunion. On installa Gentile à une table – la table habituelle de Guido, dans le coin, sous l'escalier, d'où, bientôt, il put voir arriver l'aumônier, qu'il se souvenait d'avoir aperçu lors de départs en retraite, « arrosages » de mariages ou de naissances, et autres occasions similaires.

Après quelques mots échangés avec la patronne, le religieux s'approcha de la table, souriant, la main tendue.

Il était à peu près du même âge que Gentile. Il portait un sweat noir sous sa veste grise, où brillait un crucifix d'argent. Son visage était fin et ses yeux clairs. Gentile, embarrassé mais stoïque, se leva pour le saluer. Quelques banalités furent échangées cependant qu'il prenait place. Enfin il adressa à Gentile un regard entendu :

– Notre ami n'est pas encore là; j'en profite pour vous dire que je ne suis pas venu vous contempler d'un air apitoyé, déclara-t-il. Bien entendu, si vous avez envie de me parler, vous pouvez le faire à n'importe quel moment, je suis là pour ça. Tenez, voici comment me joindre...

Il déposa sur la table une petite carte ornée d'une croix grise qui la faisait ressembler à un faire-part de décès. Elle comportait deux numéros de téléphone et une adresse électronique.

– Ce que je dois vous dire cependant, reprit-il, c'est qu'ils pensent beaucoup à vous, à l'état-major. Ils s'inquiètent. Ils ne comprennent pas ce qui vous est arrivé. Du coup, ils réagissent un peu comme s'ils redoutaient une épidémie. Bizarre, hein ? Mais c'est vraiment le sentiment qu'ils m'ont donné.

– Et vous, qu'en pensez-vous ?

– Quoi donc ?

– De ce que j'ai fait.

– Je n'en pense rien, je ne juge pas, je me borne à ce que je sais. Encore une fois, si vous voulez m'en dire plus, libre à vous. Ce que je voulais souligner, c'est que cette inquiétude de vos supérieurs vous donne une sorte de crédit. Vous avez quelques semaines de congé devant vous. Profitez-en : soyez égoïste, donnez-vous raison. Car vous avez sûrement raison, d'une façon ou d'une autre. Oui, c'est cela, reprit après un silence l'ecclésiastique pensif : ils ne le disent pas, mais ça se sent, ils s'inquiètent comme si cela pouvait être une épidémie... Officiellement, ils ne parlent que d'un délit, dégradation de biens, je ne sais quoi. Mais sans avoir les mots pour le dire, ils craignent autre chose. Un mal plus profond, qui ne concernerait pas que vous.

Gentile l'écoutait, attentif et impénétrable. Il secoua la tête sans que l'on sût très bien ce que le geste voulait dire. « Vous avez sûrement raison, d'une façon ou d'une autre. » Comment pouvait-on estimer qu'il avait raison, l'envisager une seconde ? Et que voulait-il dire en parlant d'épidémie ? Gentile demeura muet. Il se sentait idiot.

Cependant, le père Beato l'examinait, nullement surpris de son mutisme. Il connaissait son monde. Gentile, ni par son milieu, ni par sa formation, ni par tempérament sans doute, n'était de ceux qui parlent volontiers d'eux-mêmes. Ils n'ont pas l'habitude; ou bien cela ne leur paraît pas intéressant.

La massive silhouette de Guido – chemise à carreaux, moustache fournie, front soucieux – apparut opportunément à l'autre bout de la salle. Il les repéra et s'approcha en esquissant, suivant une habitude qui lui était propre, le salut militaire. Puis il s'assit, l'air tourmenté.

Sa colère du jour n'était pas syndicale. Elle portait sur l'achat par le Football Club d'un avant-centre anglais hors de prix.

– Ils se rattraperont en deux ans, avec la vente des retransmissions à la télé anglaise. Ce gars est ultrapopulaire là-bas, il vient des banlieues pauvres de Birmingham. On vend son talent, son enfance. Seulement, en échange, on le pourrit, et ça, *cazzo*, on s'en fout. Qu'est-ce qu'il va faire ici, hein ? Il va faire son numéro et ramasser du fric. Il ne s'intégrera pas à l'équipe. D'autant moins qu'ici, les jeunes joueurs sont furieux, parce qu'il y en a trois ou quatre qui auraient fait l'affaire mieux que lui, et pour moins cher. C'est du sabotage. Et pourquoi ? Pour le profit à court terme, toujours la même histoire !

Il prenait des grissini dans la corbeille et les cassait en morceaux, sans les manger.

Sur une question du prêtre, on en vint au travail. L'après-midi avait été chaud. Un camion de mazout en flammes avait bloqué la rocade ouest pendant plus de deux heures. Il avait fallu mobiliser quatre brigades dont le 2e secteur ouest.

– Et là-dessus, un type a piqué un malaise cardiaque dans sa voiture, en plein milieu de l'embouteillage. Les gars ont dû faire trois cents mètres à pied avec le brancard pour l'évacuer, entre les bagnoles.

On causa de la circulation. De plus en plus infernale. On avait ouvert trois mois plus tôt le nouveau centre hospitalier, tant mieux, il était temps, le service des urgences était d'ailleurs remarquable.

– Mais alors la desserte ! T'as essayé de filer là-bas entre cinq et sept, avec un type en train de claquer dans ton camion ? Eh bien, je te souhaite du plaisir. Il fallait au minimum élargir l'autoroute sur trois ou quatre kilomètres avec un couloir réservé.

Les assiettes arrivèrent, une deuxième carafe de vin fut commandée. La conversation fila, sinua, il fut question des enfants de Guido, puis de football encore. Gentile, avec désespoir, constatait qu'il faisait semblant, et il s'en voulait de se désintéresser de tout. D'autant plus que cette soirée, il le voyait bien, avait été décidée à son intention. Mais rien à faire. C'était comme s'il s'efforçait de remonter du fond d'un fossé, et dévalait de nouveau à chaque tentative.

À présent, Guido interrogeait le prêtre sur ses activités. Ils tombèrent d'accord : les pertes d'influence de l'Église et des grandes centrales ouvrières avaient été parallèles, la mondialisation capitaliste emportait tout, etc..

– Et l'incendie du Telone, alors ?... On n'en a jamais su davantage ?

Le père Beato, dont la réserve ecclésiastique semblait se dissoudre au fil du repas, tapotait la table du bout des doigts. Il hocha la tête.

– Je sais quelque chose que je ne devrais pas vous dire. On a caché une partie de la vérité au public, depuis le début. L'enquête concernant les personnes présentes dans les bâtiments n'a été qu'un trompe-l'œil, les autorités civiles et ecclésiastiques savaient pertinemment qu'elle ne donnerait rien.

Il s'interrompit, ménageant son effet. Guido se dévoua.

– Et pourquoi donc ?

– Pour une raison bien simple : l'incendie a été déclenché à distance, peut-être à des milliers de kilomètres en passant par satellite, au moyen d'un appareil analogue à un téléphone cellulaire. Des relais avaient été installés dans les jours précédents, permettant de provoquer un court-circuit en composant un simple numéro de code. Ils ont été découverts aussitôt après votre intervention, et immédiatement classés secrets.

Les deux pompiers écarquillaient les yeux.

– *Cazzo*, s'exclama Guido. C'est pas des amateurs, alors...

– Certainement pas. Cet incendie a été voulu et préparé par des spécialistes, disposant de moyens techniques exceptionnels. J'ai découvert ça en piratant des archives informatiques... Oui, en dehors de mes fonctions à l'aumônerie générale, je suis un peu le M. Internet de l'archevêché. Il s'agissait d'un rapport de Son Éminence elle-même.

– Et pourquoi ça n'a pas été révélé ?

– Laisser filer l'enquête là-dessus risquait d'aboutir à la désignation de certaines personnes, de certains réseaux, de certains pays... Il y a des choses qu'on a redouté de faire connaître.

– Mais que voulaient les incendiaires ?

– Ah !... Ça, c'est une autre affaire. Ce que je crois, c'est que cette histoire est un chantage. Il s'agissait de montrer qu'on pouvait frapper très précisément, où on voulait, avec des moyens sophistiqués. Imaginez, dans un pays comme le nôtre, une forme de terrorisme s'attaquant au patrimoine culturel. Assez salaud, non ?

À l'initiative de Guido, ils s'en furent terminer la soirée dans un cabaret de jazz. Guido vouait au jazz une fidélité inentamable. Il aimait cette proximité des instruments, des musiciens, du public : pas de micros, pas de sono. Du réel et de l'immédiat. Une communion d'énergies humaines. Gentile écouta, regarda, observa longtemps le batteur, précis et souriant, dont le regard vif allait du bassiste au saxophoniste, échangeant avec eux des signaux muets. Il eut le cœur serré par la complicité de ces hommes, le plaisir qu'ils prenaient, l'intelligence de tout cela.

Il était reconnaissant à Guido d'avoir volé, pour s'occuper de lui, une soirée à ses enfants et à sa femme. Une de plus, parce que le syndicat lui en prenait déjà pas mal. C'était un type bien, Guido. Il faisait quelque chose de sa vie.

Quant à l'autre, c'était un prêtre, c'est-à-dire quelqu'un envers qui l'on est spontanément bien disposé. S'il avait demandé un service, on l'aurait rendu sans discuter. Un prêtre a le droit de demander. Gentile voyait ça de très loin; pourtant ces types-là existaient, disaient des messes, animaient des réunions. Guido ou le père Beato existaient.

Et comment, pourquoi existaient-ils ? Parce qu'ils existaient pour les autres.

Lui ne vivait pour rien ni pour personne. Il touillait son pot, voilà l'image, répugnante, qui lui venait à l'esprit. Malheureux. Malheureux et égoïste. Malheureux, égoïste et inutile. *Gentile vano, Gentile niente.*

Révélations indiscrètes

Ce fut le lendemain de ce dîner que le père Beato, de la façon la plus imprévue, obtint à propos de Gentile des informations nouvelles, dont il retira une perplexité accrue.

Comme il travaillait dans son bureau de la Mission pastorale, où il résidait, il fut appelé au téléphone par le médecin-major des pompiers, auteur du rapport initial.

– On m'a dit que vous aviez pris contact avec le capitaine Gentile ?

– En effet.

– Qu'en dites-vous ?

– Vous en savez probablement plus que moi. Il n'a pas cherché à se confier, et il m'a semblé préférable de respecter son silence. Je crois que ce qu'on peut faire de mieux pour lui, c'est se montrer amical, sans insistance.

– Vous avez sans doute raison... Je voulais vous dire que j'ai reçu un appel de la part d'une jeune femme, qui se dit son ex-petite amie. Elle a appris par le journal ce qui était arrivé. Elle a cru bon de me raconter leur histoire.

– Leur histoire, c'est qu'elle l'a quitté ?

– Justement, non, et c'est bien ce qui est bizarre. C'est lui qui est parti. Elle a été son amie durant plusieurs mois. Or il semble que les derniers temps, Gentile était plutôt déprimé. Il disait qu'il n'était rien ni personne. Il lui reprochait une aventure avec un autre homme.

– Elle l'avait trompé ?

– Non ! C'est vraiment une drôle d'affaire. Cela s'était passé avant leur rencontre. Lorsqu'ils se sont connus, elle l'a d'abord éconduit. C'est un peu plus tard qu'elle s'est ravisée, qu'elle a repris contact. Et dans l'intervalle elle avait eu un autre amant.

– Et c'est cet autre amant...

– Oui. Alors qu'elle-même n'y avait pas attaché grande importance... Bon, je ne fais que vous rapporter ce qu'elle m'a dit, il faut peut-être en prendre et en laisser.

– Sans doute, mais on ne lui demandait rien, et je ne vois pas pourquoi elle vous aurait appelé pour vous raconter des bobards. Et qu'a-t-elle dit d'autre ?

– C'est elle-même qui par la suite a parlé de cette histoire à Gentile. D'abord il n'a pas fait de commentaires, puis il a entrepris de le lui reprocher… Enfin, pas vraiment des reproches. Mais il s'est mis à en souffrir. Il était très amoureux d'elle, il avait été maladroit, un peu ridicule… Il avait été repoussé. Et pendant ce temps, elle en avait accueilli un autre dans son lit… Lorsqu'il l'a su, Gentile en a fait une obsession.

– Pourtant, c'était fini avec l'autre, à ce moment-là ?

– Oui. C'est justement ça qui est étrange. Elle-même ne parvient pas à comprendre ce qui s'est passé. Il a conçu de la jalousie à cause d'un rival écarté depuis longtemps.

– Mais d'abord triomphant.

– Si vous voulez… Mais enfin c'est absurde quand même, non ?

– Oh, vous savez… Je ne veux pas jouer les profonds connaisseurs de l'âme, mais l'absurde, l'illogisme, le malheur cherché, inventé, voulu, c'est aussi le lot de l'être humain… C'est peut-être même très logique ; enfin, je veux dire qu'il y a une logique là-dedans… Je suppose qu'en tant que psychologue, vous voyez là un symptôme un peu préoccupant.

– Oui. À un certain degré, ce genre de comportement relève du dérangement mental. Le sujet préfère son fantasme à la réalité, même si c'est pour en pâtir. Il se sert d'une souffrance fictive pour détruire son bonheur réel. Pourquoi, mystère. Le problème n'est évidemment pas dans la réalité de ce qui s'est passé avec cette fille. Le hasard a voulu que se crée une situation qui a touché quelque chose de très douloureux en lui.

– Vous a-t-elle parlé de l'autre ?

– Très peu. Un photographe, je crois. Le genre beau gosse. Elle s'est laissé séduire sans le prendre au sérieux, si j'ai bien compris.

– Avez-vous prêté attention aux affiches elles-mêmes ? demanda le prêtre. Elles figurent très précisément une certaine idée qu'on peut se faire du bonheur amoureux... À ce dont il pouvait estimer avoir été privé... Nous avons de la chance : dans un film américain, ce sont de jeunes couples réels que Gentile aurait assassinés à la barre de fer et au cutter. Ici, nous sommes sur le vieux continent, nous avons conservé l'habitude de la métaphore. Cela étant... Me permettez-vous une réflexion qui vous paraîtra un peu bizarre ?

– Dites.

– Je ne savais pas qu'un service administratif comme le vôtre suivait d'aussi près les dossiers...

– Je comprends ce que vous voulez dire. Ce n'est pas compliqué : mon intérêt pour cette affaire va au-delà du seul individu concerné. Ces types font un métier éprouvant. Or nous constatons parmi eux de plus en plus de dépressions, au fil des années ; et si l'on cherche pourquoi, on s'aperçoit que leur vie personnelle est un véritable merdier, passez-moi l'expression. De moins en moins de couples stables, de moins en moins d'environnement familial, de moins en moins de participation syndicale, etc. Nos pompiers sont seuls. Ce sont des banalités que je vous dis là. Seulement ça devient un problème. Pareil chez les flics ou les personnels hospitaliers. Il y a des boulots qu'un individu ne peut pas vraiment affronter sans un appui, un environnement affectif stable. Il faut pouvoir rentrer chez soi et trouver de la chaleur, se changer les idées. Voilà ce qui leur manque. Cela devient une réalité statistique qui compte, et on ne sait pas quoi faire. Quand je vois un élément comme Gentile qui lâche la rampe, franchement, je me fais du souci ; parce que si lui ne tient pas le coup, alors j'en vois une ribambelle qui peuvent craquer à leur tour.

Une fois le téléphone raccroché, Beato réfléchit longuement. La crainte de l'épidémie. C'était bien ça.

Il en revint à ce qui venait de lui être révélé, le coup de téléphone de cette fille. Cette histoire avait suivi de peu l'épisode glorieux, le sauvetage du Telone.

Gentile, capitaine de pompiers, élément parfaitement bien noté, comportement courageux. Qu'est-ce qui se passait en lui ? Quel était le pauvre secret de son cœur ?

Le père Beato avait suspendu au mur de son bureau une reproduction photographique du visage qui apparaissait sur la Santissima Tela. C'était devant cette effigie qu'il priait, le plus souvent, sur un de ces sièges spéciaux, en X, recommandés aux personnes souffrant de douleurs dorsales. Le père Beato avait mal au dos. Il priait donc ainsi, mi-assis, mi-agenouillé, devant l'homme du Telone. Pour lui, ce visage flou, aux traits rudes, aux yeux clos, était réellement le visage du Christ.

À la suite de l'incendie, la précieuse relique avait été mise à l'abri dans un endroit tenu secret. Le dispositif était connu de Beato. Il savait que l'objet reposait pour l'heure dans une salle souterraine, plié en six, placé sur une plaque de métal inoxydable, que surveillait un hygromètre, lui-même relié à un système thermostatique maintenant une température douce et constante. La salle était sous alarme : le plus léger déplacement d'air eût instantanément bloqué les issues du bâtiment et alerté à distance la société de gardiennage.

C'est là que le Telone persistait dans son énigmatique existence de toile écrue, habitée de pollens, de poussières, de sang et de transpiration. Au cœur de ses fibres, et des immensités qu'abrite l'infiniment petit, des myriades de bâtonnets moléculaires, alignés comme à la parade, un peu à l'image de ces foules des pays totalitaires, brandissant des cartons de différentes couleurs qui forment une inscription ou un portrait, produisaient pour l'œil humain l'image impeccable et rigoureuse d'un corps.

Les savants du monde entier, archéologues, anatomistes, biologistes, chimistes, physiciens, médecins, avaient examiné cette toile sans en résoudre les mystères. Elle provenait du Proche-Orient, mais nul ne savait par quels chemins, quels échanges elle était arrivée là. Elle avait contenu le corps d'un homme supplicié comme le Christ. Personne n'était capable d'expliquer comment l'image de ce corps s'était en quelque sorte clichée sur la toile. Ni comment ce même corps, qui avait dû y adhérer à cause du sang, de la sueur et des sécrétions intervenant aussitôt après la mort, en avait été retiré sans laisser la moindre trace de décollement.

Cette chose venue du fond des âges défiait la science la plus avancée.

Beato n'en savait pas plus. Il savait seulement que nous sommes tous pareils au Telone : nous portons les traces d'événements mystérieux, enfouis dans un passé lointain. Nous sommes de la mémoire et de l'énigme. À certains moments, la mémoire se réactive, le drame est rejoué, le dormeur s'agite, le suaire frémit. *Quelque chose veut avoir lieu.*

Beato n'était pas rassuré. La crise de violence avait pu être bénigne dans ses effets, elle n'en avait pas moins éclaté. Gentile pouvait basculer.

Lisia

… Et rien de ce qui lui arrivait, il en était convaincu, n'arrivait par la faute de Lisia. Mais c'était son impact, sa marque, sa trace. Le fait qu'elle l'eût d'abord gentiment repoussé, non sans manifester quelque panique devant l'ardeur dont témoignait le pompier (mais non sans trahir, aussi, quelque regret d'être contrainte à la fuite), l'avait laissé abasourdi, défait, groggy, accablé d'humiliation et de chagrin, la sachant, de plus, à un autre. Il revenait également à Lisia de lui avoir dit par la suite, lui parlant de cet autre, la facilité, la légèreté, l'immédiateté. À la représentation de ces faits, Gentile avait senti s'écrouler quelque chose et connu – ou plutôt, peut-être, retrouvé – un chagrin, un désarroi qui dès lors s'était mis à tout ronger, à tout envahir, à tout dévorer. Il pouvait dire qu'il avait tout eu de Lisia, tout, sauf ce que l'autre avait eu; et sans doute, comme elle l'affirmait, ce qu'avait eu l'autre n'était rien. Mais ce rien qui lui avait été refusé lui manquait comme tout, et semblait à présent ne pouvoir être compensé par rien. Ni par « tout ».

C'est alors qu'il avait pris conscience d'un désastre dont pas un instant il n'imputait à Lisia la responsabilité; d'un désastre qu'elle se désolait d'avoir involontairement provoqué; d'un désastre qu'elle ne s'expliquait pas, et lui non plus; d'un désastre qu'elle n'avait pas à porter; mais d'un désastre.

Rien n'est terrible comme le passé. Ce qui fut inscrit fut inscrit. Chaque seconde est en fer, chaque geste éternel. Rien ne ferait jamais que ce désastre n'ait pas eu lieu.

La première fois qu'il l'avait vue, il avait éprouvé un enchantement si évident qu'il ne l'avait pas même identifié comme tel. Ils avaient bavardé un moment; avant de se quitter, il s'était borné à lui demander son nom. Deux mois plus tard, la croisant de nouveau, il pensa que cela avait été ce qu'on appelle un coup de foudre et le déclara sans ambages à une Lisia sidérée, pas indifférente d'ailleurs, éberluée surtout, et qui tenta gentiment de le ramener à des mœurs plus paisibles, ou plus progressives. En vain. La machine était lancée. Il dit : « Cela ne m'est jamais arrivé. » Il dit : « Je ne peux pas être raisonnable. » Il dit : « Ce sera tout ou rien. » « En ce cas, soupira-t-elle, je pense qu'il vaudrait mieux que ce soit rien. » Alors il s'épouvanta et fit machine arrière, avec la même impétuosité qu'il avait mise à foncer en avant. Il dit : « Pardonnez-moi. » Il dit : « Je suis fou. » Il dit : « D'accord, d'accord », sur le ton implorant de celui qui est prêt à dire d'accord à tout et à son contraire. Elle fut gentille : « Je ne suis pas contre le fait que l'on prenne un verre un de ces soirs. Appelez-moi ? » Il dit merci. Il dit qu'il appellerait. Il faillit redémarrer : « Je ne sais pas si je pourrai être raisonnable. » « Chut ! » Elle lui posa un doigt sur la bouche, puis s'esquiva.

À quelle déroute en rase campagne, à quelle *sconfita*, à quel *sbaraglio* devait le conduire cet emportement, c'est où nous n'osons le suivre. C'est où il est le seul à être allé. Disons qu'en cet instant abominable, il n'avait pas été celui qu'il aurait fallu être. *C'était un autre.* Tel était le message, l'obsédant message qui lui venait du fond des temps, de lui-même, d'elle, de tout. Et alors même qu'il proclamait, réclamait un énorme amour, il avait dû crouler de chagrin devant cette absurdité d'avoir lui-même rendu impossible ce qu'il désirait tant.

Oui, vraiment, nous avons un doute. Laisser à un être humain son pauvre secret, n'est-ce pas, dans certaines circonstances, tout ce que l'on peut faire pour lui ? Pourquoi porter cela sur la place publique ? À quoi bon ? C'était pourtant ces instants du passé qu'Aspasie avait l'innocente cruauté de vouloir visiter. Elle soupçonnait cette souffrance. Elle tournait autour. Elle en avait la curiosité. Mais l'effet d'une telle intrusion, le soupçonnait-elle ? N'était-ce pas assez que d'avoir vécu ces moments, fallait-il encore que Gentile dût en faire les honneurs ? Exhiber sa honte, l'étaler, la donner en spectacle ? Être mis en pièces une seconde fois ?

Mais Aspasie était jeune, elle n'avait pas pris la mesure encore, il faut croire, de tout le chagrin des hommes.

Lisia aurait-elle dû, dans l'idée de Gentile, se refuser cette aventure qu'elle conta plus tard, avec ses suites imprévues et fâcheuses, au responsable du service médico-psychologique des sapeurs-pompiers ? Évidemment, non. Au nom de quoi.

Mais cet épisode l'excluait, lui, parce qu'il n'en avait pas été le protagoniste; parce qu'il n'avait pas été et ne serait jamais, avec Lisia, dans cette tonalité qu'elle appelait : la légèreté. Quelque chose avait été perdu, gâché. Il n'avait pu s'approcher d'elle, accéder à elle, qu'en traversant des jours de pierre et de glace. Il s'était humilié, déchiré, défait. Ça ne passait pas.

Elle lui avait longtemps plus tard rapporté cet épisode, sans penser un instant à l'effet que ce récit allait produire; cela avait été pour lui, complétant les souvenirs cuisants de leurs débuts, encore une fois une porte reçue en pleine figure, une porte qui serait un miroir. *Essere Gentile.*

Désexister. Ce verbe inconnu du lexique désignait pour lui une expérience familière. C'était, à la présence d'une femme désirée, ne pouvoir répondre par sa propre présence; c'était être dispersé, mis en fuite, égaillé comme un vol de moineaux; ne laisser là qu'une apparence, que le regard de l'autre, le regard de la femme, traverserait sans rien rencontrer qui l'arrêtât. C'était entendre un message intérieur, inexplicable, inexorable : « Je ne suis pas et ne puis en aucun cas être ce qu'elle veut; à supposer qu'elle veuille quelque chose ou quelqu'un, ce ne peut être moi. » En ces instants, il n'avait pas même de corps. Il n'était rien.

Et l'autre avait été. Il avait été tout ce que lui-même n'était pas. Il avait été le contraire de l'*essere Gentile.* Se déduisait de là une opposition terme à terme entre la gravité (lui) et le sourire (l'autre); la lourdeur (lui) et la légèreté (eux); le déclaratif (lui) et l'agissant (l'autre); et pour finir l'échec (lui) et la victoire (l'autre).

Au moins, s'il avait pu donner tort à Lisia! Mais tort de quoi ? Elle l'avait fait. C'était la vie. Dans le gris-blanc des jours, il y avait eu cela. Un scintillement imprévu, un émoi, une nuit. « Je dois même te dire que je ne l'avais pas décidé. » Il n'y avait pas à lui donner tort. Inconcevable. Absurde.

Mais le chagrin. Mais l'être-Gentile.

Après quoi elle avait bien pu s'échiner à lui faire comprendre que ce qu'il appelait du drôle de mot de « victoire » avait bel et bien été à lui : cela n'empêchait pas le sentiment du désastre de faire entendre un roulement sourd de tambours voilés derrière la mélodie des jours, et de le pousser de toutes ses propres forces vers ces lointains faubourgs du malheur, où devait bien résider une part de sa vérité; et la vérité peut être un vertige.

Désexister. Il n'en finissait pas de désexister. Et c'était à ce point de mort que prétendait maintenant le ramener Aspasie, méthodiquement, question après question. *Et il n'était même pas foutu de l'envoyer promener avec son enquête idiote et malfaisante!*

Et c'est alors que surgissait Nero.

Nero, son rêve en camelote et son diable profond. Nero, son frère fidèle, depuis toujours, et le garant de sa défaite.

Ébauche de Nero

D'où Nero venait-il ? De fort loin. Des premiers horizons de la vie, des prémonitions de l'enfance. Il appartenait à ces imaginations qui répondent aux mystères du monde, conjurent ses menaces ou jettent des ponts vers ses régions inaccessibles.

Ce double avait grandi avec lui, s'était peu à peu chargé de traits multiples qui le faisaient à la fois intime et lointain, singulier et sans visage, insaisissable comme le vol des chauves-souris et dense comme les terrifiantes concrétions gravitationnelles dont parle l'astrophysique.

Nero était son besoin et sa honte. Un frère inséparable, ne manquant jamais d'apparaître à l'instant précis où il le devait ; ne manquant jamais d'apparaître, hélas ! comme la preuve même du vide qu'il remplissait, de l'échec qui le faisait surgir. Nero accompagnait Gentile en tuteur à la fois fascinant et détesté, importun et indispensable. Ce n'était pas une visite, c'était une intrusion; c'était un recours et une inquiétude, c'était une aide et un abus.

Cette projection, cette création involontaire et complexe, ce personnage enrichi d'expériences, travaillé par le temps, offrait à l'observateur une remarquable cohérence. Gentile n'avait pas besoin pour son compte d'énumérer ses traits et ses caractères; ils apparaissaient avec lui, il en était le résumé et l'aboutissement; mais on pouvait en donner une nomenclature. En voici quelques éléments :

Nero n'est pas celui qu'on veut qu'il soit.

Nero ne s'appelle pas Nero : il s'est rebaptisé. Car Nero choisit son masque.

Rien en lui de subi, de dicté, d'opaque, d'involontaire ou de malencontreux. Nero est à l'origine de ses propres décisions et comportements.

Il existe plusieurs versions de Nero : version enfantine, version adulte. Version bas-de-gamme et version luxe. Version cinéma d'auteur et version serial TV. Version situationniste et version karaoké.

Affaires, politique, libertinage sont des domaines où peut évoluer Nero; mais aussi expériences philosophiques ou mystiques. Il sait parler le langage de tous les êtres.

Nero peut être un prédateur et faire le mal. Mais ce ne peut pas être lui qui s'en prend aux panneaux d'affichage. Un tel acte est signé

Gentile. Nero eût détruit le système informatique central et paralysé la gare.

Nero se sert du monde comme il veut.

Nero choisit son visage. Il ne reçoit rien des autres et son visage n'est jamais troublé ni défait. On ne lui arrache pas un sourire ni un pleur.

Que cherche-t-il ? On ne sait pas. Quelle est sa mission ? On ne sait pas. Prend-il une revanche ? Peut-être. Il n'a pas toujours été Nero. Cela a été difficile. Des heures, des jours, des années pour être Nero.

Encore une fois, ces caractéristiques ne se présentaient pas dans l'esprit de Gentile de manière aussi nette et explicite. Ordinairement, le personnage lui apparaissait d'un bloc, de la même façon qu'une personne familière qui entre dans la pièce est instantanément là avec son passé, sa psychologie, sa mentalité, tout ce que nous savons d'elle, et dont elle est la somme dans le présent. Gentile ne s'était jamais dit, par exemple : « Nero n'est pas celui qu'on veut qu'il soit. » Mais s'il eût été amené à le décrire sous hypnose, c'est à quelque chose de ce genre qu'il fût arrivé.

Tel était Nero. Non pas en définitive un double de Gentile : fort loin de lui, au contraire. Une divinité dominatrice et malfaisante. Un être supérieur dont la seule fonction était de lui rappeler sa nullité. Une créature inventée pour se nuire, un préposé intérieur à la négation de soi-même.

Alors, répondre à Aspasie ! À qui que ce soit ! Parler de soi-même, comme le demandait Aspasie, c'eût été en venir à Nero, inévitablement. Gentile ne se comprenait pas sans Nero. Gentile reposait sur Nero.

C'eût été aussi en venir à Lisia. C'était tourner dans la cage de l'être-Gentile. À quoi bon ? Que voulait-on savoir de plus ? Les affiches lacérées de Porte-Neuve ne disaient-elles pas le dernier mot de Gentile, sa calamiteuse vérité ?

Première rencontre au bord du fleuve

Ils s'étaient donné rendez-vous dans les jardins qui longent le fleuve. Il y avait là un café-restaurant, grande carcasse de ciment peint à baies vitrées, datant des années soixante. L'immense terrasse était quasi déserte à cette heure. Le temps était doux et clair. Gentile portait un pull à même la peau, un pantalon de velours, des lunettes noires. Aspasie lui parut changée : le tailleur, l'écharpe de soie la vieillissaient, par rapport au souvenir qu'il avait d'une jeune fille en salopette. On aurait dit qu'elle avait pris du galon, de la surface sociale; moins gamine, très « active woman ».

Elle entreprit d'exposer son projet : écrire sur la condition masculine, faire parler « des hommes réels » sur la façon dont ils « vivaient leurs rapports » aux femmes, à la sexualité, à la paternité.

– J'ai déjà rencontré un prof, un directeur commercial, un artisan, un étudiant, un médecin... Je voudrais varier les professions. Je me suis souvenue de vous. Vous êtes assimilés à des militaires, je crois ?

Il fit oui de la tête, renfrogné. Qu'est-ce que c'était que cette histoire ? Il ne voyait pas du tout quel genre de questions elle voulait lui poser.

– Je sais que ça vous paraît bizarre, admit-elle. Et puis ça ne vous apportera rien. Si vous acceptez, c'est uniquement pour me faire plaisir.

Elle se mit à rire devant sa tête décontenancée. Il se demanda si un reflet d'attendrissement n'était pas passé dans ses yeux.

– Est-ce que vous avez des enfants ?

– Non.

– Vous n'en avez jamais eu envie ?

– Je ne sais pas.

– Une femme vous l'a-t-elle déjà demandé ?

– L'entretien est déjà commencé ?

Elle soupira, puis choisit d'allumer une cigarette en regardant vers le fleuve. Il s'était produit quelque chose, un refroidissement, que Gentile ressentit sans en comprendre la raison. Ce fut lui qui relança :

– Vous ne dites plus rien...

– Vous le regrettez ?

– Je ne voulais pas vous vexer.

– Je ne suis pas vexée.

Elle semblait sincère. Ce n'était pas la brusquerie de sa question qui l'avait soudain éloignée. Il y avait autre chose, mais il ne voyait pas ce que cela pouvait être.

– Pourquoi avez-vous saccagé les affiches ? reprit-elle, à mi-voix.

C'était donc ça. C'était bel et bien là qu'elle voulait en venir.

– Aucun intérêt. D'ailleurs, je n'ai aucun intérêt pour vous.

Il secoua la tête. À nouveau s'installa un silence. Elle avait l'air de réfléchir. Il la voyait de trois-quarts ; elle avait de jolis yeux, une peau fine, l'ossature du visage un peu marquée. Elle était jolie ; pas *très* jolie, mais jolie.

– Il y a une forme de souffrance masculine que je sens, dit-elle enfin, et que j'essaie de comprendre. La plupart des hommes que je connais sont des polytraumatisés de l'amour. Je n'en vois jamais qui sont heureux avec les femmes. Une ou plusieurs, peu importe, mais heureux, contents de vivre. On n'a jamais été aussi libres de faire ce qu'on veut, et tout le monde se trimballe des valises de frustration ou de ressentiment...

Gentile l'écoutait malgré tout : malgré son indifférence, malgré son envie de rentrer chez lui comme un vieux chien qui retourne à sa couverture, malgré sa hargne contre les gens comme elle. Et c'était qui, au fait, les gens comme elle ? Il ne pouvait pas le définir. Ce qu'il savait, c'est qu'il n'y a rien d'odieux comme les gens qui ont l'air de se trouver à leur aise dans la vie. Il croyait qu'Aspasie appartenait à cette espèce.

– En même temps, poursuivait-elle, on dirait que plus personne n'arrive à se contenter d'un bonheur simple. Les gens ont la bougeotte ; ils veulent toujours chercher ailleurs. Il n'y a pas d'acceptation, vous voyez ? Je serais presque tentée de dire : pas de résignation, mais le mot est quand même très négatif... À un enfant qui fait un caprice, qui réclame quelque chose, on dit d'être raisonnable. Eh bien c'est cela : nous avons tous cessé d'être raisonnables. On réclame l'impossible. On cherche midi à quatorze heures. Il me semble parfois que c'est la maladie moderne.

Gentile écoutait distraitement, il ne savait pas ce qu'il pensait de tout cela. D'autre part, Aspasie lui faisait de l'effet. Il s'efforçait en vain de ne pas en tenir compte. Elle lui faisait de l'effet, elle le troublait, et ce sentiment, loin de le mettre en humeur dragueuse, l'intimidait au contraire. Et voilà où était Gentile, où il se reconnaissait bien : pas un instant il n'imaginait qu'il pourrait plaire à cette fille ; pas un instant il ne parvenait à se dire qu'il pouvait bien tenter sa chance, ou ne pas la tenter, que c'était sans importance... Quelle urgence mettait-il dans tout, quelle impatience, quel désir de se faire des bleus et de s'écorcher ? Ne pas pouvoir parler tranquillement à cette journaliste, sans rien attendre, sans se tortiller intérieurement, lui était une humiliation. Le simple fait de trouver cette fille jolie le gênait, rendait chaque regard pénible, faisait sonner faux chacune de ses paroles. Ah, si elle avait pu lire dans ses pensées, elle aurait eu de quoi en écrire, des pages !

– Et qu'est-ce qui vous fait penser que je suis un gibier pour vous ? se résolut-il à grogner.

Il avait essayé de dire cela d'un ton dégagé, mais le cœur n'y était pas. La voix était sourde.

– Rien ne me fait penser ça, assura-t-elle. Mais je... Oh, et puis ça n'a pas à être formel. On peut... Vous...

Elle s'interrompit, la lassitude apparut sur son visage.

– On joue le jeu, ou pas, reprit-elle. Si ça doit devenir une corvée pour tous les deux, ce n'est vraiment pas la peine.

– On verra... Je... Je ne sais pas quoi vous raconter.

– Ça ne vous intéresse pas, voilà tout. Il suffit de le dire, on n'en parle plus.

Encore trente secondes et ils allaient être fâchés. Il l'avait déçue. Et Gentile s'en désespéra. Quel imbécile il était, etc..

Ainsi rapportait-il à lui le malaise de la conversation, à lui, exclusivement à lui. Ce qu'il n'envisageait pas, c'était que ce malaise pût provenir d'une autre source.

Il tenta encore une fois de sauver la face :

– Nous sommes mal partis, aujourd'hui.

– En effet.

La sécheresse du ton le glaça.

– Je réfléchis un peu, et je vous retéléphone ? suggéra-t-il.

Elle haussa les épaules.

– Pourquoi pas ? murmura-t-elle, du ton de quelqu'un qui n'y croit plus.

Il partit, maussade, en lui serrant la main, qui plus est. Il avait toujours trouvé pénible de serrer la main d'une femme.

Il rentra chez lui plein d'une amertume qu'il connaissait bien.

Ah, il s'était encore couvert de gloire !

Inconsistant. Désagréable et inconsistant : voilà ce qu'il avait été.

Ce qu'il ne pouvait pas savoir, c'est qu'Aspasie ne le rendait pas intégralement responsable. Sans doute, elle avait jugé son attitude « pas très sympa, après tout ». Elle s'était sentie un peu vexée, sans trop se l'avouer, qu'il n'eût pas semblé prendre un plaisir évident à être près d'elle, d'elle s'intéressant à lui.

Mais ce n'était pas pour ces raisons qu'elle repartit, cinq minutes après lui, lentement, dans les allées du jardin, découragée, avec une envie brusque de jeter son calepin et son petit magnétophone dans l'eau du fleuve.

Les vieilles malédictions de l'humanité

La ville recelait d'anciens palais avec des cours, des escaliers, des fresques, des collections ; Gentile n'y était guère entré. La ville était parée d'églises baroques où éclataient des ostensoirs d'or, où des colonnes torsadées fusaient vers le ciel comme des feux d'artifices, cependant que des angelots joufflus trompettaient des hymnes ; Gentile n'y avait jamais prêté attention. La ville s'animait encore de journaux, de bistrots d'étudiants, d'officines politiques ; Gentile le savait de loin.

Plus récemment, la ville s'était revêtue d'images, de messages, d'infos et de slogans, de signalétiques nouvelles, marques d'un âge nouveau. Les humains n'habitaient plus le même territoire, ne parlaient plus la même langue, n'étaient plus animés par les mêmes instincts ni les mêmes réflexes, mais ils ne le savaient pas, et lui moins encore. Il prenait le temps comme il était.

Pourtant, ce soir-là, derrière l'atlante hissant les blocs de sa ville détruite, une fois encore affalé dans son canapé-lit, face à la télé éteinte, qui composaient à peu près tout l'ameublement de la pièce, il se montrait le produit de cette ère nouvelle en essayant de lire un livre, écrit par une personne dont sa belle-sœur (la femme de son frère) connaissait l'existence, découverte dans le magazine *Sirena*.

Le frère de Gentile était instituteur en banlieue. La femme du frère de Gentile travaillait aussi dans l'enseignement; Gentile ne se rappelait jamais ce qu'elle y faisait au juste, ça n'existait pas à son époque. Il allait les voir à peu près tous les quinze jours. Il y avait là un neveu, une nièce et un chien, un jardin avec des balançoires.

Peut-être faudrait-il consacrer tout un chapitre à Gentile vu par ces gens. Il était pour eux le frère au mariage raté, dont on se demande quand il va se recaser. La belle-sœur, en particulier, avait des idées sur l'homme qu'était Gentile. D'après elle, il fuyait les femmes, et leur mère à tous les deux, la mère des deux frères, était à l'origine de ce comportement décelé par la belle-sœur. Gentile fuyait les femmes, et c'était à cause de sa mère. D'ailleurs, tout ce que font les hommes et qui ne convient pas aux femmes avec qui ils vivent, se mettent à table, vont au cinéma, font l'amour, provient de leur mère – du moins, si l'on s'en tient à l'opinion de beaucoup de ces femmes, dont faisait partie la belle-sœur.

On pouvait en déduire que la femme du frère de Gentile, même si elle ne le disait jamais explicitement, considérait avoir heureusement tiré d'affaire un des deux frères. Tiré de quelle affaire ? On ne savait pas. Elle y faisait allusion d'un air entendu.

Ce qu'on ne pouvait nier, c'est que Gentile, en cinq ans, avait abouti à ce que sa femme le fichât dehors. Ça, c'était un fait. À en croire la belle-sœur, la responsabilité en incombait pour une grande part à Gentile, à l'immature Gentile, depuis toujours dupe de lui-même. Et de sa mère, donc. Pourquoi, comment, mystère.

Est-il bon, est-il méchant ? *Gentile, malvagio ?* Ces idées à son sujet de la femme de son frère étaient peut-être tout à fait judicieuses et perspicaces, mais nous n'en savons rien, nous. Il est à remarquer, en outre, que la femme du frère ignorait tout de Nero. Soupçonnons-nous jamais l'étendue de ce que nous ignorons, et qui est peut-être essentiel ?

Toujours est-il que cette personne, d'ailleurs bien intentionnée, informée des malheurs du pompier, et de la nécessité où il se trouvait d'un « suivi psychologique hebdomadaire », avait trouvé ce qu'il lui fallait, se rappelant un article paru quelque temps plus tôt dans le magazine

Sirena; une « thérapeute » d'un genre nouveau, auteur(e) d'un livre qu'elle possédait, qu'elle avait prêté à Gentile en l'incitant à s'adresser à elle, et qu'il lisait à présent, ou tentait de lire, en prélude à la consultation. Car il avait d'ores et déjà pris rendez-vous.

L'auteur(e) de ce livre était diplômée d'une école américaine, et chargée de conférences à l'Université. Elle animait une association au sigle bizarre, l'AHASS. Tout cela était marqué au dos du livre : « L'auteure, diplômée de la Psychological American School of Detroit, chargée de cours à l'Université ***, fondatrice de l'AHASS, exerce la thérapie comportemento-magnétique. » Et de fait, elle arborait l'appellation, forgée par elle-même à son propre usage, de « comportemento-magnéto-thérapeute ».

Comportemento-magnéto-thérapeute.

Dans le premier chapitre de ce livre « écrit pour un large public », elle parcourait du vol de l'aigle les malédictions de l'humanité depuis le néolithique : la solitude, les terreurs, l'oppression, la possessivité, l'instinct de soumission ou de domination, etc. Tout y passait, guerres, massacres, tortures, viols, bûchers, fanatismes religieux ou politiques – les religions, de même que les grands systèmes tels qu'Empire romain ou monarchies administratives, paraissant jouer le rôle de boîtes de Pandore, desquelles sortaient toutes les calamités précédemment énumérées.

Mais « aujourd'hui », tout cela pouvait prendre fin. « Aujourd'hui », on pouvait dénouer les névroses, dépasser les traumas, défaire les « fixations » à des « stades » toujours « infantiles », et en particulier connaître « l'épanouissement » dans « une relation adulte ».

On en venait à penser – et elle pensait elle-même, à l'évidence – qu'il était temps qu'elle intervînt. C'était une combattante; une révoltée. Il y avait des idées, des propos, des comportements et des gens que cette bienfaitrice ne tolérait plus. Elle avait ses têtes. Ainsi, en ce qui concernait les sentiments amoureux, elle semblait particulièrement remontée contre un certain Baudelaire, un poète. Elle le citait :

Et le printemps, et la verdure
Ont tant humilié mon cœur,
Que j'ai puni sur une fleur
L'insolence de la nature.

De tels vers lui inspiraient une consternation et une indignation qu'elle ne dissimulait point. Elle les considérait pratiquement comme une justification du viol sadique. Ne se rendait-il pas en d'autres pages complice de l'esclavagisme ? Et que dire de cette Madone tour à tour encensée et profanée, pour laquelle il « taille un manteau dans sa jalousie », par laquelle il souhaite être piétiné, avant de plonger des couteaux « dans son cœur pantelant » ? Bien sûr, on ne pouvait en vouloir à ce pauvre type, ce malheureux qui avait en toute bonne foi empoisonné les consciences. Il n'en fallait pas moins avoir « le courage » de dire que sa poésie (« par ailleurs admirable ») témoignait d'une « relation à la femme » déréglée, névrotique, oscillant sans cesse entre la régression, le sadisme, le mépris, la haine et autres comportements intolérables. On ne pouvait plus « laisser se répandre ces messages dépressifs ».

En savait-elle, des choses, cette *comportemento-magnéto-thérapeute* ! En savait-elle ! Il était impossible de douter longtemps qu'elle fût à même d'en finir avec les vieux tourments éternels de l'être humain.

Gentile, cela dit, peinait à croire en ce bonheur fléché comme un parcours sur l'autoroute, avec ses bretelles et ses aires de repos. Une fois tous libérés et épanouis, que deviendrait-on ? Et puis, pouvait-on imaginer que la jalousie, le désir malheureux, l'instinct de conquête ou de fuite, la perversité, se résorbassent dans « une négociation consciente et raisonnable, tenant compte du désir de l'autre » ? Cette jeune dame construisait l'amour comme d'autres la monnaie unique. Enfin, croyait-on vraiment, pouvait-on croire, qu'« une sexualité heureuse après soixante-dix ans, c'est possible » ? Qu'« il n'y a pas d'âge pour commencer un travail sur soi » ? N'était-ce pas faire bon marché du temps et du dépérissement ?

Mais le cas était prévu. Au demeurant, tout refus opposé à cette prise en charge, tout mouvement de fuite esquissé étaient d'avance désignés comme des symptômes parmi d'autres du complexe morbide et dépressif où, pareils aux fleurs sur le fumier, avaient poussé tous les barbares excès de la passion (tels qu'exprimés par exemple dans la poésie du nommé Baudelaire).

Gentile ignorait tout de ce dernier. Pourtant, il lui semblait instinctivement que s'il eût écrit des poèmes, lui, ils eussent été pleins de tensions, de manques, d'appels, de hantises, de violences et d'amour blessé.

Autre chose ne laissait pas de l'intriguer : l'opposition implicite, mais continuelle, dans les propos de la comportemento-magnéto-thérapeute, entre « avant » et « aujourd'hui ». Avant *quoi*, au juste ? On ne le savait jamais. Tout se passait pourtant comme si un gigantesque événement (ou avènement) avait eu lieu, séparant définitivement la totalité des siècles passés d'un « maintenant » enfin advenu, et dans lequel la comportemento-magnéto-thérapeute était à son affaire, prenait les commandes, et on allait voir ce qu'on allait voir. Il fallait imaginer un événement voilé, demeuré invisible, enveloppé d'absence, ayant eu lieu néanmoins, au cœur du temps, et tel que ceux qui s'en réclamaient, s'y adossaient pour prendre leur élan, ne doutaient plus de rien, devenus semblables aux premiers disciples appuyés sur le fait décisif de la Résurrection.

Gentile, pensif, laissa tomber le livre.

Il se rendrait, de toute façon, chez cette comportemento-magnéto-thérapeute. Il avait pris rendez-vous et il s'y rendrait, il le fallait. « Il le fallait » ? Oui, il le fallait. D'abord pour être à même d'envoyer au service médico-psychologique des pompiers les certificats de « suivi » qu'on lui demandait. Ensuite, parce qu'elles l'avaient dit. Elles ? La belle-sœur et Aspasie. Mais Aspasie ne lui avait pas parlé de ça. Non. Pourtant, dans son esprit, c'était comme si elle le lui avait ordonné aussi. Aspasie aurait forcément été d'accord avec la belle-sœur. Et davantage encore que la vraie belle-sœur et la vraie Aspasie, leurs images dans la tête de Gentile le lui disaient; elles exerçaient l'autorité de Béatrice, guidant son amoureux, d'une inflexible et douce main, sur le chemin montant du Purgatoire.

Il s'y rendrait enfin pour une troisième raison, peut-être la raison décisive : c'est qu'il s'en foutait.

Ça ou autre chose !...

Il ne voulait plus rien, Gentile. Il se laisserait traîner sur le chemin de croix, sans aucune espérance que la Résurrection fût au bout.

Bien des questions auxquelles nous ne pourrons sans doute pas répondre

Résumé des précédents épisodes. Moins d'un an après avoir sauvé au péril de sa vie la Santissima Tela menacée par les flammes, le pompier Gentile, dans une crise de violence, saccage des panneaux publicitaires. On devine derrière cet acte une longue dérive, provoquée sans doute par des chagrins amoureux...

Cette histoire pose bien des questions. Quoi qu'on en dise, le lien de causalité n'est tout de même pas indiscutable et évident entre un chagrin d'amour et la destruction d'innocentes affiches, expressions d'une très ordinaire bonhomie commerciale.

Lorsqu'on apprend en outre que loin d'avoir été subi, ledit chagrin d'amour a été réactivé, recherché, attisé et, au fond, à peu près inventé par celui qui prétend en souffrir, on se prend à penser que tout cela est possible, certes, humain, très humain, comme l'a souligné le père Beato, mais à ce titre, justement, incompréhensible et paradoxal.

D'autres questions sont relatives au contexte. Qui a voulu incendier la Santissima Tela ? Pourquoi certains, ici, disent-ils que Satan a fait sa rentrée dans le monde ? Des décennies plus tôt, un médium l'a clamé au cours d'une séance mémorable, dont on possède le récit, décrivant en détail et appelant de ses vœux les épouvantements de la guerre. Et en effet, la guerre a secoué cette ville, comme elle a secoué tout le continent, ébranlant les fondations de tout, de l'architecture comme des consciences. Elle fut le grand séisme; le triste atlante de la façade éternellement, depuis, hisse son bloc de pierre.

Mais tout cela a-t-il quelque chose à voir avec l'aventure du capitaine Gentile ? Les actes de guerre mystérieux, la dissolution du Mal, voilà bien des sujets qui apparemment ne le préoccupent guère. Lui, il songe en faisant de la gymnastique que rien ni personne n'a plus besoin de cette force qu'il cultive et développe en lui; lui, il se sent mal à cause des femmes, de l'amour des femmes.

Personne ne sait tout à ce sujet. Il garde pour lui certains souvenirs.

Elles l'avaient toutes démantelé. Ou à peu près. Du moins est-ce le bilan qu'il en tirait.

De son inconsistant et stérile petit bout de mariage, il n'y avait, hélas, rien à dire. Gentile n'était même pas sûr d'y avoir jamais cru. Son comportement avait rapidement tourné au sabotage. C'est elle qui avait fini par le mettre à la porte; mais il savait bien, lui, avoir tout fait pour en arriver là.

Il n'avait aimé que deux fois.

Sylvia. Le cinéma insensé qui avait duré plus d'un an. Cet amant que personne jamais ne voyait. Son discours de femme sur les femmes et sur les hommes (sauf un : l'autre). Et il y croyait, il s'était laissé bluffer par tout cela. Jusqu'au jour où... Incroyable. Il avait eu le plus grand mal à réaliser. L'incapacité enfin produite, patente, noir sur blanc. Lèvres fermées, hanches inertes. La peur.

Angiolina, c'était un autre genre. Sublime salope. Angiolina offerte et appelant. Angiolina à peu près nue dans la voiture, un trajet de nuit, pieds au pare-brise, les jambes ouvertes et la main occupée. Obscène par paroles et par actions. Angiolina au moins se fichait des discours moralisateurs, pas comme l'autre. Ce qu'elle voulait : être baisée. Gentile s'y était exterminé, à s'en faire tomber la moustache. Elle en réclamait avec une avidité insatiable, et la réalité était qu'elle ne jouissait pas. Cela s'était vraiment gâté quand elle avait entrepris d'accréditer qu'avec l'autre, celui d'avant, il en allait d'autre manière. En ce cas, pourquoi être venue le chercher, lui ? Après maintes péripéties, le pompier parvint à se dire qu'il n'avait pas besoin d'elle pour exister; il lui fallut quand même, pour s'en persuader, un an et des poussières.

À quoi bon détailler ? Sa mémoire repoussait ces images comme on jette un livre ennuyeux.

Il n'en subsistait qu'une évidence : dans les parages de ces femmes, s'entrevoyait selon différents avatars l'ombre de Nero. Chacune à sa façon l'invoquait, la faisait apparaître, comme un contrepoids, comme pour signifier qu'elles existaient sans lui, qu'elles existaient ailleurs, qu'elles existaient autrement. Sinon, pourquoi auraient-elles eu besoin de Nero ?

Elles le fabriquaient donc, en un sens ; mais il devait bien reconnaître que lui aussi le fabriquait, le convoquait, que d'instinct il repérait, isolait, sélectionnait dans ce qu'il savait d'elles un personnage, un homme quelconque, pour lui donner les attributs de Nero, afin de pouvoir aussitôt souffrir de n'être pas, de n'avoir pas été celui-là.

Il en était venu à penser qu'une femme, c'est quelqu'un qui vous dit que vous n'êtes pas celui qu'il faudrait.

Cette pénible expérience ne se produisait qu'avec celles à qui il avait par avance, en quelque façon, donné l'autorisation de la lui infliger; à qui il demandait le droit d'exister, en somme. Voilà ce qu'il ne fallait pas faire ! Jamais ! Ou alors, avec quelqu'un en qui il aurait une confiance éperdue, instaurée en des semaines, des mois, d'échange, de rire, d'amour.

L'espèce humaine est peut-être ainsi faite – l'espèce tout entière, et non pas seulement sa partie féminine – que dans toute brèche, elle s'engouffre, que de tout don, elle abuse.

Qui aurait pu comprendre que c'était en quelque façon l'ironie de Nero, le mépris de Nero, qu'il avait cherché à éliminer en s'attaquant aux panneaux publicitaires ? Tentative dérisoire, d'ailleurs, soubresaut de poisson à l'agonie, sans croire un seul instant qu'il ait encore une chance. Comment l'aurait-il cru ? Le temps passe, les expériences successives vous ramènent au même point. Plus il examinait son problème et moins il s'en étonnait, n'y voyant, en définitive, que la redite, le résumé, le point sur le i, la manifestation claire d'un mal qu'il avait longtemps et par des moyens variés conjuré, négligé, évité, minimisé, ne comprenant pas que ce problème apparemment annexe était en réalité fondamental (mais pour s'en rendre compte, il faut des symptômes récurrents, et cela demande des années) ; un mal tenu en lisière, délégitimé pourrait-on dire, mais bel et bien à l'œuvre dans sa vie, depuis longtemps, depuis toujours, depuis le début ; et, ainsi considéré, vraiment désolant, désolant à se mettre à pleurer, et peut-être même encore plus déchirant qu'il ne le percevait pour l'heure :

comme si, à mesure que le jour se lèverait sur le paysage de son désastre, lui était promise une douleur croissante, douleur qui, du fait même qu'elle constituait sa vérité, lançait en lui un appel, provoquait une attente, croissait comme une soif, ce qu'il avait exprimé un soir à Lisia avec ces mots de reproche mélancolique : « Tu me repêches tous les jours... »

Il ne voulait pas être repêché. Le pompier ne voulait pas être secouru. S'il lui arrivait de s'y résigner, il s'en voulait de sa faiblesse. Ce qu'on appelait de moins en moins le bonheur, de plus en plus « l'équilibre » (comme si l'espèce, peu à peu, s'accoutumait à définir des objectifs raisonnables, dont la poursuite pouvait s'appuyer sur une méthode), ce qu'on appelait l'équilibre, donc, à le supposer accessible, ne le serait qu'au prix de l'illusion, et c'était quelque chose qu'il ne fallait pas souhaiter. Gentile voulait sa peine. Lisia l'avait vu s'y absorber, *Gentile sprofondato*. Il tournait le dos, il rêvait de marcher par les rues, sous les arcades désertées de minuit, vers la gare et au-delà, vers les lieux les plus sombres et les plus désolés, dans les lointains faubourgs où même les rails du tramway finissent par se perdre.

Gentile voulait sa peine : et voilà encore une question.

Chez la « comportemento-magnéto-thérapeute »

La comportemento-magnéto-thérapeute – puisque comportemento-magnéto-thérapeute il y avait... – n'était pas le monstre docte, la statue massive et impérieuse qu'avait imaginée le pompier en lisant son livre. C'était une jolie petite jeune femme à qui l'on eût donné vingt ans à peine, alors qu'elle en avait évidemment plus. Elle était menue, mignonne, l'oreille délicate sous les cheveux châtains doucement amenés par un bon coiffeur à un mouvement élégant et naturel, à un éclat soyeux. Les avant-bras nus dépassaient d'une vaste blouse jaune pâle, sous laquelle, au-dessous des genoux, on ne voyait que le collant noir. La jupe était-elle au-dessus du genou ? Plus courte ? Très courte ?

Ayant écouté avec une attention bienveillante la sobre confession de Gentile, elle évoqua en peu de mots sa thérapie du comportement et du magnétisme, soulignant qu'il trouverait peut-être bizarres les modes d'examen, mais qu'il devait patienter pour comprendre.

– Bien... Regardez-moi, dit-elle ensuite d'une voix posée, et d'un air d'autorité contrastant avec sa fluette personne. Regardez-moi dans les yeux.

Gentile s'exécuta. Les yeux étaient couleur noisette, soulignés d'un trait de crayon. Sur le papier, devant elle, il y avait le schéma d'un visage. Elle y traça rapidement de petites flèches, puis, avec un sourire aimable (dans lequel Gentile se demanda s'il ne fallait pas déceler une légère ironie, à moins que ce ne fût de l'attendrissement), elle expliqua :

– Je repère les crispations, la mise en place de la musculature faciale. Il y a chez vous un point de résistance au niveau de la lèvre inférieure et du menton. Et en complément, une installation des temporaux, avec prolongement au niveau des paupières inférieures. Ce que je veux dire par « installation », c'est que vous mettez en place ces crispations pour affronter la situation relationnelle, d'accord ? Un peu comme une forteresse où l'on dispose des créneaux, des meurtrières, des canons. Il y a une installation spontanée chez tout le monde : le sourire, le regard, etc. Ce peut être aussi une palpitation des narines, un cillement. Cela représente ce que vous voulez transmettre, mais aussi les défenses que vous préparez à tout hasard. À présent, levez-vous, s'il vous plaît. Vous allez retourner à la porte et rentrer, mais vous ne reviendrez pas vous asseoir : vous vous arrêterez au niveau de l'halogène et vous attendrez. D'accord ?

Tout en songeant que si elle avait pu s'abstenir de demander « D'accord ? » à chaque instant, ça n'aurait pas été plus mal, il s'exécuta, traversa la pièce, sortit, rentra. Il fit trois pas et s'immobilisa « au niveau de l'halogène », autrement dit près de la lampe. Glissa une main dans sa poche, la retira. Se mit en appui sur une jambe, les épaules et le bassin en obliques inversées. Croisa à demi les bras, se frotta la joue et le menton comme pour vérifier s'il devait se raser.

Les yeux noisette le scrutaient, pareils à ceux d'une belette en embuscade.

– Parfait, revenez vous asseoir. J'observe que votre pas est hésitant, comme si vous ne saviez pas où est le sol. Votre pied droit, en particulier, a des problèmes : tantôt il bute, comme s'il ne s'attendait pas à se poser si vite ; tantôt il flotte comme si la terre manquait devant lui. C'est presque imperceptible, bien sûr, mais ça se repère très bien quand on a l'habitude. Dans la station debout, il y a sans doute un petit problème de dos que nous pourrons arranger. Dans l'ensemble, l'installation en station debout ne va pas de soi ; le problème vient des mains.

D'abord elles ont cherché les poches, ensuite une autre solution plus haut – protection du plexus, un centre énergétique et émotif important. Puis exploration du visage. Nous verrons tout à l'heure ce que cela peut signifier. D'accord ?

Tout en parlant, elle avait tracé des signes sur un deuxième croquis standard, représentant le corps humain.

– À présent, nous allons poursuivre l'exploration. Vous allez de nouveau vous lever. Vous êtes seul dans cette pièce. Vous avez un moment à y passer, sans rien de spécial à faire. Installez-vous comme vous voulez.

Gentile se leva et inspecta la pièce. Il s'aperçut qu'en effet plusieurs possibilités existaient. Le fauteuil où il se trouvait...

– Vous pouvez déplacer des objets, précisa la comportemento-magnéto-thérapeute.

Le fauteuil où il se trouvait, donc, mais aussi le lit médical, fait de tubes chromés et de skaï, et, à l'opposé, une sorte d'ottomane composée d'un assemblage de volumineux poufs cubiques. Et puis un autre siège : un fauteuil crapaud, que prolongeait un repose-pieds.

Après un instant de réflexion, il saisit le coussin de siège du fauteuil crapaud, le posa sur le lit médical en guise d'oreiller, et s'allongea sur le dos, les mains derrière la nuque. Pieds croisés, il regarda le plafond.

– Bien... Bonne capacité d'appropriation : vous n'avez pas hésité à faire un oreiller avec un coussin. L'allongement indique par ailleurs une certaine confiance : vous ne redoutez pas d'être attaqué, en ce milieu pourtant peu familier. Mais il dénote aussi une fatigue générale, diffuse et sans doute très ancienne. Il indique enfin la tentation de résoudre les problèmes par la rêverie ou l'intuition. D'accord ? Vous n'êtes pas un rationnel combatif, c'est le moins qu'on puisse dire. Vous pouvez vous relever, ou rester là si vous préférez. On va faire un premier bilan.

Gentile se redressa et s'assit sur le bord du lit de skaï, jambes pendantes. La comportemento-magnéto-thérapeute, sourcils froncés, lèvres en avant, rassemblait ses idées. Elle soupira.

– Vous avez peur. Vous avez peur dans les situations de communication. La façon d'installer le visage est caractéristique : le regard est posé, grave, pénétrant même. Vous envisagez la relation, quelle qu'elle soit, avec sérieux... peut-être même trop de sérieux. Mais enfin vous la souhaitez. Et en même temps, le menton remonte, l'environnement oculaire se crispe... Vous vous mettez à l'abri, ce qui est parfois nécessaire, mais va un peu au rebours de ce que vous recherchez. Enfin, cela reste relativement équilibré, et la crispation des paupières peut aussi provenir d'une fatigue oculaire. En revanche, c'est dans la position orthostatique, c'est-à-dire debout immobile, que vous m'inquiétez franchement. C'est la posture la plus révélatrice de l'existence sociale et relationnelle, d'accord ? On n'a que soi pour se porter. Et là, c'est une panique. Hésitation des mains, recherche d'un abri (les poches), abri aussitôt jugé malcommode ; donc, à défaut, mise en place d'un bouclier plexal, et pour finir, ce geste sur le visage... Là, c'est comme si vous n'étiez plus du tout sûr d'exister. Vous vérifiez à tâtons. Vous ne savez plus placer vos contours. Ce que révèle aussi l'hésitation de la marche, cette façon de chercher le sol... Dans le troisième exercice, celui, si vous voulez, du for intérieur, cela va mieux. Vous vous installez à votre gré sans hésitation – mais c'est aussitôt la position allongée, comme si tout de suite vous demandiez à être porté, à flotter... C'est quasiment une désertion.

La dernière phrase avait été prononcée plus lentement, gravement, comme un verdict. À présent, elle le regardait avec, dans ses petits yeux, une gentillesse incroyable, inquiète, empreinte du désir profond de venir à son secours.

Et ce fut à cet instant que quelque chose, en Gentile, se cabra.

« Qu'est-ce que je fous là, à me laisser balancer en pleine poire que mes pieds ne trouvent plus le sol ? »

– Pardonnez-moi d'être directe, continua la comportemento-magnéto-thérapeute, mais il y a à l'évidence un gros problème d'ordre affectif ou relationnel, que vous ne parvenez pas à affronter; comme si vous aviez perdu des moyens qui existent... car ils existent!

Et l'on eût dit d'une petite mouche au bourdonnement clair, essayant de passer à travers un gros carreau dépoli.

Mais ce que son étonnement et son affliction sincères lui cachaient à cet instant, c'est que l'homme en face d'elle, le client, le patient, le pompier, Gentile enfin, était en train de décrocher.

Pour tout dire, il la trouvait un peu culottée de lui servir ça. C'était comme si le conducteur d'un camion de remorquage lui eût fait remarquer sentencieusement que sa voiture était en panne. Évidemment, qu'il y avait un problème relationnel et affectif! La meilleure preuve n'en était-elle pas qu'il se trouvait là, à s'entendre asséner tant d'affreuses vérités?

Car c'était bien le drame, justement: que cette poupée de porcelaine, cette nénette infime, grosse comme une pince à linge, cette petite main de l'atelier de Psyché, eût raison...

– Bien, décida-t-elle. Nous allons en venir maintenant à votre système magnétique. Car la gestuelle que nous venons d'explorer est étroitement liée à la dynamique de votre système magnétique, d'accord ? Contrairement à ce qu'on se figure en général, le champ magnétique n'est pas un simple halo, c'est un ensemble de forces qui se projettent, circulent, s'interrompent, enfin c'est le lieu d'un travail. Retournez vous allonger.

Elle se leva derrière lui, traversa la pièce, et tandis qu'il prenait place de nouveau sur le lit médical, elle fit rouler près de lui une table supportant un gros appareil plein de cadrans et de boutons, surmonté d'une sorte de parabole.

Sortait de là un fil en spirale, analogue à celui d'un téléphone, terminé par un cylindre noir, arrondi au bout, de vingt à vingt-cinq centimètres de long.

D'un doigt rapide elle appuya sur des commandes, des réglages, faisant palpiter le vert des petits tableaux lumineux.

– Voyons...

Sa main blanche, délicatement veinée, avait déjà empoigné cette chose, et la promenait au-dessus du torse et de la tête du patient, *Gentile paziente*, lequel n'avait pas pu s'empêcher, in petto, de comparer déjà l'instrument à un sexe masculin, de couleur noire.

– Il y a une compression... Une forte compression au niveau du plexus... Zone agitée. C'est plus calme dans la zone imaginative, les fontanelles... Plus diffusant...

Le manganello se baladait à présent le long des bras, l'un, l'autre, très vite.

– Non, décidément, c'est au niveau plexal.

C'est à ce moment-là que la consultation prit une tournure imprévue.

Jusqu'à présent, ç'avait été surtout ennuyeux et un peu pénible.

Mais ce qui intervint alors, Gentile devait s'en souvenir longtemps.

Rien d'éprouvant comme un médecin, ou toute figure assimilable, que l'inquiétude envahit et déborde, quand il devrait rassurer. L'angoisse se communique alors intégralement et dans la seconde.

Elle commença par un froncement de sourcils. Puis recula. Se mit à promener en tous sens le cylindre noir qui voltigea autour de Gentile comme s'il était soudain animé d'une vie propre. Gentile commençait à se demander s'il n'avait pas pris rendez-vous avec une folle.

Enfin, elle s'arrêta, sembla fatiguée; reposa le chibre sur son support. Tourna le dos, leva la tête. Puis regarda à nouveau Gentile, consternée cette fois-ci.

– Je n'y comprends rien... Je n'ai jamais vu ça. Ce que vous projetez est hallucinant...

Pour le coup, il sourit, tant son expression était tragique.

– Mais ne souriez pas! Vous ne comprenez pas... Vous êtes une boussole tantôt affolée, tantôt démagnétisée... On dirait que vous vous êtes approché d'un cataclysme... De quelque chose d'immense et d'incompréhensible...

À cet instant, ce fut plus fort que lui : il éclata de rire. Ce qui ne lui était pas arrivé depuis longtemps. Il se sentait d'un seul coup soulagé d'un poids, comme s'il eût réussi à se dépêtrer d'un invisible filet, le rejetant sur elle, qui maintenant allait à son tour s'y débattre.

Et il riait. Il riait de bon cœur. Il dut rire très fort, il ne parvint plus par la suite à s'en souvenir. Il était environné par ce rire, inconscient au milieu de ce rire, les yeux fermés par ce rire, les oreilles bouchées par ce rire, et il n'entendit plus les phrases qu'elle prononçait, sauf la dernière, d'où avaient disparu toute la distance, la froideur courtoise du rapport médical et commercial, pour faire place à une intonation très personnelle, agressive et suppliante en même temps :

– Arrêtez ! Vous me faites peur !

Et cette exclamation, en effet, l'arrêta net.

Images dans la ville

Un moment plus tard, Gentile se retrouva au-dehors et s'éloigna à pied sur le trottoir, sans se préoccuper de la direction qu'il prenait.

La comportemento-magnéto-thérapeute était installée dans un immeuble moderne, au bout d'une longue avenue où l'on effectuait des travaux. Les palissades étaient recouvertes de publicités. Ici, un crétin souriant parlait dans son téléphone portable. Là, une bécasse détendue faisait son jogging en vêtements Olympic. Plus loin une famille d'abrutis heureux se livrait aux joies de la « rando » grâce à Location.com. Ailleurs, un jeune couple en voie de conjugalisation accélérée s'était offert les plages d'Israël pour 599 euros TTC 4 jours avion + hôtel.

Et c'étaient encore un adolescent aux cheveux hérissés, avec des reflets bleu-vert de cadavre sur son visage blême, totalement défoncé devant un écran où il surfait sur la Toile; un quadragénaire à mallette, filant sur des rollers, muni d'un journal économique et d'une bouteille d'eau minérale ; un jeune gandin huileux, enfin, aux yeux de biche, extatique et pâmé sous un flacon d'eau de toilette...

Un immeuble en cours de ravalement avait été entièrement revêtu d'une gigantesque affiche, recouvrant cinq étages d'échafaudage, et représentant un acteur américain célèbre, auprès d'une voiture. La ligne de cette voiture, sa carrosserie, ses chromes, ses phares pareils aux yeux d'un félin, évoquaient le tapage, l'esbroufe et l'excès de vitesse. C'est sans doute la raison pour laquelle on avait choisi cet acteur : il incarnait des rôles d'aventurier, d'agent secret, d'homme d'action, mais ses tempes grisonnantes, et le fait que dans ses films les plus emblématiques, il eût toujours été présenté en même temps comme père d'une petite fille, ou d'un petit garçon, ou les deux, associaient à son image des idées de force calme et protectrice. Si bien qu'il y en avait pour tout le monde : de la rapidité et de la sécurité ; de quoi faire sauter les radars, mais aussi des airbags, des sièges coques, des systèmes de freinage assisté. L'acteur, comme la voiture, cumulait ces qualités contradictoires. L'un comme l'autre symbolisaient la force animale contrôlée par le Bien. En somme, cet acteur était cette voiture.

L'immense *tendaggio* était fait d'une matière légère comme du papier, souple comme un textile, solide comme de la bâche. Un jour peut-être, dans mille ans, on en retrouverait un fragment pâli, taché, décoloré, où se devinerait, en linéaments et en ombres, la silhouette de l'acteur américain.

La comportemento-magnéto-thérapeute s'était calmée, avait présenté des excuses ; car il n'est pas très agréable, pour un homme, de s'entendre dire « vous me faites peur » par une jolie jeune femme, et pas très rassurant, pour un patient, de se l'entendre dire par un médecin.

Gentile avait accepté les excuses.

La fin de la consultation ne s'en était pas moins déroulée dans un climat de gêne pénible. Elle avait prescrit des petites pilules homéopathiques, « dans un premier temps ». Personne n'avait hasardé la question de savoir s'il y aurait un deuxième temps, mais n'était-il pas évident qu'après ce qui s'était passé, il ne chercherait pas à revenir, et qu'elle serait soulagée de n'entendre plus jamais parler de lui ?

Tout cela était consternant.

Non pas seulement le cri de peur, mais tout. Tout le reste.

Il s'était laissé humilier, manipuler, traiter comme une merde, voilà la vérité ! Il s'était soumis. Il n'avait pas agi en homme. Il aurait dû bloquer le jeu, s'imposer lui aussi. Faire écran.

Il s'était laissé scruter, dépouiller, démasquer, démonter, mettre en morceaux. Et il avait dit « Ah, oui... », « Ah, vous croyez... ».

Subitement il vit la comportemento-magnéto-thérapeute à cheval sur lui, troussée, cramponnée par les fesses et s'enfilant sur sa queue en gémissant. Voilà ce qu'il aurait fallu. Tout le reste relevait de la maladie.

Dire qu'elle lui avait même fait craquer le dos, ensuite, elle, toute menue (car il n'y avait rien à faire, elle voulait terminer correctement la consultation, achever le travail, acquitter sa conscience) ; dire qu'elle lui avait fait craquer le dos, en le faisant asseoir sur un tabouret et tomber dans ses bras, « laissez-vous aller », lui comme un grand mannequin inerte pour leçons de secourisme ou tests de réaction du corps dans les chocs automobiles frontaux. Une clef, et crac ! Cela avait fait comme un éclair, un court-circuit dans une pièce obscure, une douleur fulgurante et la petite voix douce émergeant aussitôt : « Là ! C'est fait... C'est fini. »

Au moins, il aurait pu lui demander d'où elle tenait toute cette science ! C'est trop facile, aussi, on vous prend au piège, vous allez à la porte, vous revenez, et vlan : on a déjà découvert que vous étiez un homme sans contours, qui s'est approché d'un cataclysme. Non mais ! Toi mettre un peu d'argent dans ta main, et moi te dire la bonne aventure ! Ça vous fera 75 euros non conventionnés !

C'était humiliant d'être allé chez la comportemento-magnéto-thérapeute, de s'être résigné à ça. Il avait fléchi le genou devant quelque chose qu'il ne savait pas nommer, quelque chose de diffus, et de général, et d'impératif. Il avait accepté le jeu d'un monde qui le tuait, et qui se payait le luxe de lui offrir un refuge, un recours. En acceptant le recours, il acceptait la sentence.

La comportemento-magnéto-thérapeute, nom de nom, à quatre pattes, et offrant son derrière à la violence des coups de queue : voilà !

Elle l'avait démasqué, démonté, surpris, et il ne l'avait ni surprise, ni démontée, ni démasquée. Elle l'avait déshabillé et il ne l'avait pas déshabillée. Elle lui avait fait craquer le dos et il ne lui avait pas fait craquer le dos !

Il marcha. Il marcha sans savoir combien de temps, sans savoir à quelle vitesse. Il avait peut-être parcouru trois ou quatre kilomètres lorsqu'il s'aperçut qu'il s'éloignait du centre de la ville. Il monta dans un tramway pour revenir.

Et là, comme il était debout parmi les gens, oscillant dans les accélérations et les ralentissements, il se vit.

Il vit son propre visage face à lui, et qui le regardait. Il lui fallut un instant pour comprendre d'où provenait ce phénomène, ce visage, le sien, flottant dans un tramway, à sa hauteur, comme suspendu en l'air à quelque fil d'araignée.

Il s'agissait d'un petit miroir, fixé sur la paroi du véhicule. Gentile, d'abord, ne l'avait pas vu; puis un passager, en se déplaçant, avait laissé la voie libre pour qu'il happât son visage.

Il regarda cela de plus près. Une inscription accompagnait le petit miroir : « Avez-vous remarqué que dans la publicité ils sourient toujours ? »

Qui avait placé ça là ? Dans quel but ? Que voulait-on dire ? Mystère. Il y avait ce petit miroir avec cette inscription. Et il s'y vit, face maussade, exprimant la défaite, pauvre *figuraccia* d'homme seul et désemparé. Ah, la triste trombine ! L'affligeant instantané !

Le piège était parfait.

Mais oui : qui avait fait cela ? Qui l'avait disposé, ce piège ? Il avait fallu quelqu'un pour installer ce miroir, quelqu'un pour le fabriquer; quelqu'un pour en concevoir l'idée; il avait fallu sans doute payer la compagnie des transports pour pouvoir installer ce petit miroir dans le tramway; beaucoup de gens, au total, s'étaient donc préoccupés de cela; et par conséquent ce petit miroir, et cette inscription dont on ne comprenait pas le but, n'étaient pas là par hasard.

Gentile entrevit un grand mystère.

Pourquoi venait-on le chercher ? L'attraper ainsi, le poursuivre jusque dans le tramway ? Quelle intelligence retorse avait pu imaginer ce piège ? Il entrevit en un éclair, mais sans la saisir, une relation, lointaine mais d'autant plus profonde, entre le petit miroir et la comportemento-magnéto-thérapeute. La difficulté même d'établir une relation quelconque, combinée avec le soupçon d'une telle relation, indiquait un système complexe, immense, ramifié; un système invisible, que Gentile ne pouvait se représenter, mais qui existait, et le voyait, et le comprenait.

Que voulait-on lui dire à travers le petit miroir ?

Était-ce une cordiale invitation à se détendre, à prendre la vie du bon côté ? Gentile avait toujours vécu instinctivement comme s'il n'y avait pas de quoi rire. Gentile était grave. *Gentile serio.* Gentile n'était pas sinistre, n'était pas agressif : il était grave. Cette gravité, Lisia l'avait perçue d'emblée, ce qui n'avait pas été sans provoquer en elle une hésitation, une prudence. La légèreté ouvrait des jeux moins risqués. Lorsque cette gravité avait fait place au désespoir de celui qui gesticule en vain derrière une vitre, la prudence s'était transformée en panique, et la panique avait recommandé la fuite, au moins dans un premier temps.

L'image de lui piégée et épinglée par le petit miroir lui était familière. Il s'était parfois surpris ainsi (on ne se voit jamais : on ne peut que se surprendre à la dérobée) dans les glaces des vitrines, au passage; avec cet air pensif, penché, contrit.

Un épisode vieux de quinze ou vingt ans lui revint alors en mémoire : celui des photos d'identité.

À dix-huit ans, Gentile s'était un jour rendu chez un photographe, ayant besoin de photos pour sa carte d'identité. En ce temps-là, les préfectures n'acceptaient pas les photos réalisées dans des cabines automatiques, qui demeuraient de médiocre qualité. Cet homme l'avait donc fait entrer dans son petit studio, installé sur le tabouret environné de projecteurs, puis il avait réglé son appareil, se disposant à prendre le cliché.

Tout, alors, s'était déroulé en quelques secondes. « Allez, un sourire ! » avait gaiement lancé le photographe. Gentile s'était intérieurement révulsé, ne voyant pas pourquoi il eût fallu sourire, mais dans le même temps quelqu'un en lui (un autre ? ou lui, justement ?) avait néanmoins et malgré lui obéi, concédant un demi-sourire maladroit et clac ! c'était fait.

Le lendemain, il était venu prendre livraison des tirages, et ç'avait été une catastrophe. Il avait là-dessus l'air totalement idiot, le regard égaré sous les paupières saisies dans le clignement, la bouche entrouverte en un rictus d'imbécile malheureux et humilié. Il s'en était allé le rouge au front, catastrophé, ayant payé ces photos grotesques, ridiculisantes, haïssant cette brute inconsciente de photographe.

Mais cela n'était rien encore. Car il avait tout de même donné ces photos au guichet de la préfecture, afin que l'une d'entre elles ornât sa carte d'identité, ce qu'elle avait fait pendant cinq, six ans, avant qu'il n'eût la bonne fortune de perdre tous ses papiers. Pas un instant, et c'était là le point névralgique, pas un instant il n'avait eu l'idée qu'il pouvait jeter ces photos et en faire exécuter d'autres, par un autre photographe, à qui, cette fois, il refuserait de sourire. Non ! Cette réaction élémentaire et légitime d'autodéfense, il ne l'avait pas eue. Non seulement il avait obéi à son tortionnaire, mais il avait courbé le dos devant l'injustice.

C'était ça, l'être-Gentile.

Quand il repensait à de telles choses, il soupirait d'accablement. Il avait toujours été ce pauvre type. Tout était foutu depuis le début. Tout était perdu d'avance. « Tu n'as jamais rien été d'autre que celui-là. »

Tel était le héros, le brave imbécile, grâce à qui le monde avait conservé le Santissimo Aspetto, la Sacra Figuraccia !

Et la sienne, de figuraccia ? la *brutta figura* ?

Le petit miroir du tramway le ramenait à cet écrasant souvenir.

On voulait qu'il sourît. Des autorités invisibles l'invitaient fermement à sourire. Pourquoi, grands dieux ? Pourquoi ?

Il aurait voulu se cacher loin de tout et de tous, qu'on ne se préoccupât plus de lui, qu'on ne sût plus où il était ; que le monde entier l'oubliât, le laissât cuver son chagrin dans la pénombre et le sommeil.

La nuit

« Vous me faites peur ! » Elle avait dit : « Vous me faites peur ! »

Ce souvenir l'éveilla au milieu de la nuit en sursaut. Il se redressa, suffocant, la bouche ouverte, les yeux écarquillés.

Elle avait dit : « Vous me faites peur ! »

Sur le moment, à son insu, il avait minimisé la portée de ces mots. Il était tellement content d'avoir éclaté de rire ; cela faisait si longtemps. C'est pourquoi il n'avait pas vraiment pris la mesure de ce qu'elle avait dit.

Et durant les heures suivantes non plus. Un peu sonné, un peu groggy, déjà convaincu que c'était un échec, qu'il n'était pas sauvable, qu'il n'était rien ni personne, il avait erré, il avait regardé des affiches, il avait aperçu son visage dans un miroir, il avait traîné dans ses pas le grotesque et l'imbécillité de tout cela, il s'était trompé de chemin. *Gentile sbalordito, Gentile dirottato...*

« Vous me faites peur ! »

Elle avait dit : « Vous me faites peur ! »

Et pour que cette parole terrible parvînt à sa conscience en tant que telle, il avait fallu toutes ces heures. Toutes ces heures pour qu'elle trouvât son chemin, et pénétrât dans le sanctuaire où enfin elle retentirait.

(De même avait-il fallu des semaines pour que quelques propos innocents de Lisia, relatant un épisode anecdotique de son passé, se fissent place en lui, envahissant peu à peu sa conscience, obnubilant tout, dévorant tout, détruisant tout.)

« Vous me faites peur ! »

C'était la plus affreuse disgrâce.

Cela voulait dire qu'à un moment donné, elle avait cessé de se poser face à lui en tant que thérapeute (comportemento-magnéto-), pour redevenir simplement la femme qu'elle était. Et cette femme avait eu peur. En d'autres termes, il s'était instauré entre eux une relation personnelle, non plus la relation d'un patient à un médecin, mais celle d'un homme à une femme. Et cette relation avait consisté en ce qu'il lui faisait peur.

Or, faire peur à une femme sans le vouloir est une atrocité.

On ne sait pas pourquoi. On découvre qu'on ne connaît plus son visage. On croyait avoir un visage à tout le moins normal, et l'on voit en face de soi la terreur que l'on provoque. Est-on sans le savoir devenu un monstre, un minotaure ?

Elle avait dit « Vous me faites peur ». Elle en était arrivée là. Pourquoi ? Parce qu'il riait ? Qui avait-il été en ces instants ? Il n'avait pourtant fait que se mettre à rire. Avait-il fait plus, sans le savoir, sans en garder souvenir ? Ce rire était-il terrifiant ? Un autre en lui était-il apparu ? Quel autre ? Sûrement pas Nero. Nero n'eût pas fait peur à la comportemento-magnéto-thérapeute. Nero l'eût fascinée, séduite. Il eût réduit à néant toutes ses belles théories. Elle eût cessé d'y croire. Elle se fût très vite soumise.

Il se leva, marcha dans la pièce, se secoua en haletant. Devenait-il fou ? Faisait-il à présent peur aux femmes ? Il songea qu'il ne voyait plus jamais la voisine, cette Thérèse avec qui il avait pourtant couché il n'y a pas si longtemps. Se cachait-elle ? Sans doute, c'est cela, elle se cachait !

Il était arrivé devant sa glace. Il n'était plus sûr de se reconnaître. Celui qui pense qu'il devient fou ne sait plus du tout que penser, puisque, s'il devient fou, aucune de ses pensées ne concerne plus la réalité ; même la pensée qu'il devient fou.

Il fallait sortir de ce cercle. Il eut le réflexe d'avaler trois des somnifères prescrits par le médecin-major. Il les fit descendre avec une bière. Trois minutes plus tard, affalé en travers du canapé-lit, il oubliait ses peines.

Le lendemain à midi, descendant tout pâteux pour aller faire un tour dehors, il trouva dans sa boîte aux lettres une enveloppe sans timbre, et dedans, quelques mots signés « A. » :

Pourquoi ne voulez-vous pas me parler ?

Rappelez-moi, svp.

Vers le rendez-vous

Ce qu'il ne pouvait pas soupçonner, c'est qu'Aspasie s'était déjà donné tort. Pas davantage il ne pouvait deviner la déception qu'elle avait éprouvée, et qu'elle-même ne comprenait pas.

On avait, à bien d'autres reprises, repoussé ses demandes. Cela fait partie du métier. Elle ne s'y attardait jamais. « Me casse les pieds, celui-là. » Point final. Ce n'était qu'un inconvénient, il fallait trouver quelqu'un d'autre. Et puis les gens avaient bien le droit, en somme, de ne pas vouloir répondre à des questions. Son projet de livre aussi lui avait valu des refus; aucun ne l'avait troublée.

Sauf – il ne le savait pas, elle ne se l'expliquait pas – le refus de Gentile.

Il avait mis à mal son dispositif d'approche. Elle s'était soudain sentie prétentieuse, inepte et conne. Un dégoût l'avait prise. Elle se demandait maintenant si ce désir d'aller explorer la misère des autres n'était pas, tout bonnement, une façon de fuir ou de nier la sienne. Elle se disait que ces portraits d'hommes étaient une idée loufoque, grâce à laquelle, au fond, elle ne cherchait qu'à pallier les frustrations de son métier et les désarrois de sa vie.

« Se poser les questions de cette manière, aller vers les gens de cette manière, c'est ne pas aller vers eux, c'est n'avoir pas la moindre curiosité envers eux. »

Pourquoi ne voulez-vous pas me parler ? Ce n'était pas la formule d'une journaliste qui s'obstine. C'était Aspasie demandant un peu de confiance. Gentile, hélas, tout à ses malaises, ne s'en doutait pas.

La lettre à la main, il sortit devant son immeuble, regarda un peu partout, marcha lentement jusqu'aux bancs de la place, où il s'assit.

Pourquoi ne voulez-vous pas me parler ?

Il lui semblait pourtant entendre une voix douce et sincèrement peinée, il voyait se poser sur lui de grands yeux contrariés. Mais il ne pouvait pas accueillir l'aveu de cette peine. Il ne pouvait y voir qu'une pitié condescendante qui faisait de lui moins qu'un homme. Plus tout à fait un homme. Un homme désactivé, en quelque sorte. Voilà, c'est ce qu'il était ; un homme désactivé.

Lorsqu'ils avaient été assis ensemble à la même table, dans le grand café du jardin, au bord du fleuve, ils ne résidaient pas, en dépit des apparences, dans le même monde. Elle habitait la réalité; elle s'y mouvait avec aisance. Gentile était un fantôme, analogue à ce personnage d'un film vu quelques mois plus tôt : il circule parmi les autres, il semble entrer en relation avec eux, et en réalité il est mort, on ne le comprend qu'au bout d'un moment. Il voit les vivants, eux ne le voient pas. De même, entre Gentile et elle, s'élevait une vitre invisible, bien plus infracassable que celle qu'il avait dû briser pour emporter le Telone hors de la chapelle en flammes. C'était comme une cassure dans l'air.

« Pourquoi ne voulez-vous pas me parler ? » « Pardonnez-moi d'être directe, mais il y a à l'évidence un gros problème. » Comment leur faire comprendre que cette sollicitude, pour bien intentionnée qu'elle fût, lui était intolérable, ne faisait qu'aviver le sentiment de sa désexistence ? Elles entraient par la porte de sa faiblesse et de son désarroi. Elles le torturaient. Elles le torturaient doucement.

Elles étaient folles. Il les posait face à lui, Aspasie et la comportemento-machin, comme deux figures maléfiques, animées d'intentions incompréhensibles. Il se voyait parti, cul par-dessus tête, dans quelque tambour de machine à laver. La CMT choisissait le programme. Aspasie filmait.

Les deux figures étaient identiques. Elles savaient. Elles savaient, elles, alors qu'il ne savait pas. Tel était leur unique message. Il était le seul à qui sa propre vérité se dérobât toujours. Il n'était pas jusqu'au petit miroir du tramway qui, en un certain sens, n'en sût plus long sur lui que lui-même. Sa pauvre et malencontreuse histoire se déroulait sous les regards. Il était seul, en pleine lumière, aveuglé, sur le théâtre de son infortune.

Pourquoi ce fantasme, le viol de la comportemento-magnéto-thérapeute ? Pourquoi ces images de désir rageur, de besognage haineux et punitif, de hurlements ? De quoi ces représentations étaient-elles l'envers ? Nero ne se fût pas laissé investir. C'est lui qui, en cinq minutes, eût démonté toute sa science, l'eût plongée dans l'inquiétude, et par là, soumise.

Sauf que Nero, justement, n'eût pas été dans la triste nécessité d'aller la consulter.

Gentile défait, accablé, sans contours, comme elle l'avait dit; Gentile sans autre miroir que ceux qui l'infériorisaient, Gentile muet, sans voix, sans souffle, s'était précisément rendu chez la CMT parce qu'il ne pouvait pas être Nero.

Pourquoi, dans ces conditions, l'après-midi même, composa-t-il le numéro d'Aspasie ? Pourquoi accepta-t-il de la revoir ? Mystère. Peut-être n'avait-il pas d'autre solution que d'aller au bout, tête baissée, de chercher le désastre, avec l'intuition qu'une fois parvenu au fond de tout, il ressortirait de l'autre côté et verrait l'envers. Oui, c'est probablement l'hypothèse qu'il faut faire.

Si vraiment c'est cela qu'il avait voulu, il fut servi.

Cela se passa mal, très mal. Cela n'aurait pas pu se passer plus mal.

Ils se retrouvèrent dans le même café qu'à leur précédente entrevue. Elle était vêtue cette fois-ci d'un blue-jean, d'une ample chemise blanche par-dessus laquelle elle avait passé un gilet de grand-père, à goussets et dos de satin. Par l'ouverture de la chemise, on apercevait la bretelle d'un soutien-gorge noir.

Il ne perçut pas le subtil changement d'attitude entraîné par les doutes qu'elle avait conçus. C'était elle à présent qui se donnait l'air humble et timide. Mais il ne voyait plus, n'entendait plus la femme réelle qui se trouvait devant lui ; il n'avait affaire qu'à la représentation qu'il s'en était faite. Et dans cette représentation, une Aspasie menaçante, une Aspasie appartenant au monde des autres, au monde de ceux qui allaient bien, déployait vers lui ses stratégies destructrices.

Il regretta aussitôt d'être venu. Il mettait dans cette rencontre quelque chose de personnel, et pas elle. Et elle n'avait aucune raison d'y mettre quoi que ce soit de personnel. Aucune raison. Évidemment aucune raison. C'était lui, imbécile, qui l'avait introduite dans son cinéma intérieur. Elle ignorait quel rôle elle y jouait. Elle ignorait qu'elle y jouait un rôle. Elle ignorait être regardée par le minotaure.

Et alors il dérailla.

Pas plus que de son trop long rire auprès de la comportemento-magnéto-thérapeute, il ne devait garder un souvenir net de la scène qui suivit. Seules surnagèrent des bribes, des répliques. Il se retrouva dans l'état mental où l'avait jeté sa première rencontre avec Lisia. Il s'entendit parler de loin, sans contrôle sur ce qu'il disait. Cela sortait de lui. Il dit : « De toute façon, on n'est jamais celui qu'il faut. » Il dit : « C'est toujours un autre ». (Il répétait : « toujours un autre », « toujours un autre ».) Elle le regardait avec étonnement, immobilisée. Il dit : « Je ne puis rien être pour vous ». Elle comprit d'abord qu'il voulait dire qu'il ne pouvait pas l'aider pour son livre, mais il dit : « Non, ce n'est pas cela : je ne puis rien être pour vous ». Alors elle en eut assez, elle se demanda elle aussi ce qu'elle fichait là, à s'empêtrer dans cette conversation inepte avec un pompier incompréhensible, et elle lança avec une légère ironie : « Mais voyons, je n'attends pas que vous soyez quelqu'un pour moi » – et ce fut pire.

Ce fut pire. Il s'engouffra. Il dit : « Vous voyez bien ! » De quoi avait-il l'air ? Et d'ailleurs qu'est-ce qu'elle se figurait ? Tous les types qu'elle pourrait interroger ne joueraient le jeu que dans l'espoir de la draguer. Et lui aussi d'ailleurs, depuis le début, dès la première minute, un an plus tôt, il n'avait qu'une chose en tête : la draguer. Pas d'autre idée ! Elle tenta encore une fois, une ultime fois, de prendre ça comme une plaisanterie, elle dit : « Dans ce cas, vous n'aviez qu'à essayer. Je n'ai rien contre le fait qu'un homme tente sa chance. » Oh, le ton de fausse innocence, la frivolité de jolie fille qui imprégnaient cette phrase !... Mais il était lancé. Il secouait la tête : « Ce n'est pas de ça que je parle. Dominer, vous comprenez ? Dominer. » Il dit : « Qu'est-ce que j'en ai à foutre, de votre bouquin. » Il dit : « Je les connais, les jeux auxquels vous jouez tous, et toutes, mais moi je ne sais plus. Je ne sais pas. Je n'ai jamais su. Je ne joue pas. Je n'ai jamais joué. Et par conséquent je ne puis rien être pour vous. Rien. Rien. Je le sais bien. Je ne suis rien ni personne. »

À ce moment-là, il perçut dans les yeux de la jeune femme une lueur singulière. C'est étonnant, parfois, comme un regard d'une seconde laisse lire, écrites noir sur blanc, les plus fugitives pensées. Cette lueur était, à l'évidence, celle d'une hypothèse qui venait de lui traverser l'esprit. Elle était en train de penser à quelque chose de précis. Et il comprit à quoi. Cela s'effaça aussitôt, et fut remplacé par de la pitié.

Puis il y eut un retrait. Elle demeura immobile, pensive. Et enfin, elle entreprit de chercher dans son sac, nerveusement, son porte-monnaie, dont elle tira un billet qu'elle jeta sur la table.

– Il vaut mieux que je parte, dit-elle.

Elle se levait.

– Excusez-moi, dit-elle en lui tendant la main de façon très décidée, décidée à dire au revoir, décidée à ce qu'il ne s'approche pas, décidée à replacer leurs rapports sur l'étagère de la pure convenance sociale, décidée évidemment à ce qu'il n'y ait plus jamais la moindre relation entre eux.

Debout à son tour, incrédule, il serra la main qu'elle lui tendait.

– Excusez-moi, répéta-t-elle. Je me rends compte que j'ai fait une erreur, je ne peux pas aller plus loin.

Elle tourna les talons. Elle partait.

Non!

Ce fut comme un cabrement intérieur. Ce qui se passait était impossible. Ce qui se passait n'était pas assumable, pas digérable. Ce qui se passait le tuait sur place, le faisait voler en éclats. (Et en plus elle avait payé les consommations.) Alors il bondit, la rejoignit sur le trottoir.

– Aspasie... Aspasie!

Il ne pouvait que répéter son prénom, la

gorge nouée. Elle se retourna, sans se gêner cette fois pour manifester son hostilité.

– Qu'y a-t-il ?

– Aspasie... Je... Vous ne... On ne peut pas s'en tenir là !

– Mais bien sûr que si. J'ai souhaité vous interviewer, vous ne voulez pas. On en reste là, c'est tout simple.

– Vous savez bien que non...

Il lui avait saisi le bras, la fixait d'un œil égaré.

– Laissez-moi, murmura-t-elle.

– Aspasie, je vous reverrai... J'ai à vous dire...

Il semblait prêt à la prendre dans ses bras. Elle se dégagea, fit un pas en arrière.

– Laissez-moi, à présent ! Vous...

Il prévit la phrase fatidique, il n'eut pas le temps de crier non, de faire quoi que ce soit pour la conjurer. Il y eut un instant vertigineux, éternel, durant lequel il eut l'impression de battre l'air comme un homme qui tombe dans le vide, et il entendit les mots qu'il redoutait :

– Vous me faites peur !

Et il ne fut plus qu'un spectre, une silhouette de cendres.

La décision

Les jours suivants encore, il erra par la ville, soumis à tout ce qui lui disait qu'il n'était rien.

Le lui disaient les orgueilleuses façades de pierre abritant des salons, des chambres, de profonds couloirs où jamais il n'était entré qu'à titre de secouriste; le lui disaient les musées dont il ignorait le contenu, les églises dont le sens s'était perdu pour lui, les journaux que les autres lisaient et qu'il ne lisait pas, ou plus; le lui disaient les jeunes filles qui marchaient à pas rapides, l'oreille collée à leur téléphone cellulaire. Le lui disaient aussi, le lui répétaient à distance, la comportemento-magnéto-thérapeute et la journaliste Aspasie. Le lui disait le printemps; on approchait de Pâques. Le moindre rire surpris au passage le lui disait, et lui faisait mal.

Le miroir Gentile, l'*être-Gentile*. On est à soi-même sa propre prison.

Le monde avait raison et il avait tort. Pire : on lui proposait une aide, et il trouvait encore le moyen de détourner la tête, de bouder, de grogner.

Eh bien oui, il détournait la tête! Oui, il repousserait les bons offices, la compassion, la sollicitude accablante de ceux qui croient savoir! Ils ne sauraient pas! « Ils » ? Peu importait qui désignait ce « ils ». Ils ne sauraient pas. Jamais. Personne. Aspasie moins que quiconque. Et la comportemento-machin. Allez vous faire voir, occupez-vous de vos affaires, continuez vos jeux, ailleurs, avec qui vous voulez... Basta!

Il se rappelait alors l'histoire du type qui crève un pneu; elle le peignait tout entier. Le type est en voiture, il se retrouve avec un pneu crevé sur une route de campagne, à cinq kilomètres du village le plus proche. Le soleil brûle. La route est déserte. Il descend de sa voiture en jurant, ouvre le coffre, et s'aperçoit qu'il a fait du rangement là-dedans, trois jours plus tôt, et n'a pas remis le cric à sa place. Il l'a oublié dans son garage, à côté de la voiture. Pas de cric! Il jure plus fort, il se déteste. « Quel con je suis! » Il ne lui reste plus qu'à aller à pied jusqu'au village, dans l'espoir de trouver un dépanneur. Il se met en marche, fait trois cents mètres au soleil. Il crève de soif. Et de chaleur, parce que, c'est bien lui, quel con, il s'est trop couvert, un maillot de corps sous la chemise, en cette saison ! « Et puis de toute façon il est une heure, tout va être fermé ! Merde, merde... » Il faudra donc attendre. Il n'est pas près de repartir. Il marche. Et soudain il réalise : « Putain, mais on est dimanche ! Tout va être fermé *toute la journée* ! » Sa fureur grandit. Quel con, mais quel con ! Et puis d'ailleurs, y aura-t-il seulement une station-service ? Il n'y a jamais rien dans ces putains de bleds, rien de rien ! On vous dit invariablement « Ah non, ici, vous ne trouverez pas ça... » Putains de bleds, putains de bleds de merde ! Il a déjà fait un kilomètre, et d'un seul coup il s'arrête, il est au bout de son rouleau, les sanglots lui secouent la gorge, il est tout seul au milieu de la campagne immense et vide et brûlante, et là il fait de toute sa force un bras d'honneur en direction du village et il hurle : « Eh ben tiens, votre saloperie de cric, foutez-vous-le dans le cul ! »

Tel était Gentile.

Nero, pendant ce temps, filait sur des autoroutes, dans une longue berline noire, très puissante, aux vitres teintées ; un chauffeur conduisait ; lui, était à l'arrière, il se servait un whisky-glaçons, une fille de magazine était agenouillée à ses pieds. Oh, les pauvres rêves, les pauvres rêves que les petits garçons découvrent dans des comics de troisième zone !

Une nuit, pendant cette période-là, il fut le héros d'un jeu vidéo, comme il s'en trouvait chez son frère, sur l'ordinateur familial. Il y avait trois options de jeu : ou bien il se voyait à l'écran, dans un « monde », sous la forme d'un petit personnage; ou bien il était en « vision totale », et l'écran lui représentait ce que voyait le petit personnage; ou bien (option qui n'existait pas sur l'ordinateur réel) il était en « vision absolue », c'est-à-dire qu'il était dedans, complètement, sans écran ni manette de jeu.

Il y avait des rencontres. À chaque rencontre il devait faire quelque chose; mais il ne savait pas quoi. Il lui fallait le deviner. Surgissaient également des concurrents, qui, de façon aléatoire, savaient ou ne savaient pas non plus ce qu'il fallait faire. Il pouvait les éliminer, ou être éliminé.

S'il ne parvenait pas à éliminer ses concurrents et à trouver ce qu'il fallait faire dans les rencontres, plusieurs périls le guettaient : il pouvait tomber dans un puits (en arrière; et sursauter sur son lit en arrivant au fond); il pouvait devenir transparent, et dès lors il était difficile de jouer puisqu'il se voyait à peine. Il pouvait aussi « passer dans le cerceau ». Le cerceau. Rien dans le rêve ne précisait ce qu'était le cerceau. Ce n'en était que plus menaçant.

En des moments plus calmes, sa vie redéfilait

devant ses yeux, limpide, analysée et interprétée en des termes simples, définitifs et désolants.

Je ne suis pas à la hauteur. Tel avait été, de toute sa vie, le premier message qu'il s'était adressé, la première idée qu'il s'était faite de lui-même. *Je ne suis pas à la hauteur.* Je ne pourrai pas. Je ne pourrai évidemment pas.

On lui avait dit : La vie est ainsi. Il faut y passer. Tout le monde en est là. Il faut être grand.

Il avait senti vers quinze ou seize ans que le métier de pompier, avec ce qu'il comportait de militaire, pouvait lui convenir. Ce métier requérait les meilleures qualités de l'homme : adresse, courage, force, esprit de décision, sens de l'intérêt commun, don de soi à quelque chose de plus grand que soi. Le moyen, qui sait, de se rendre fort et utile, d'être un homme, d'être à la hauteur.

Il s'y était efforcé. Il avait joué le jeu, Gentile ! Gentile-comme-son-nom-l'indique... La gymnastique, le service militaire, la formation de secouriste, les cours théoriques. Tout le tralala. Il avait surmonté le vertige, Gentile, pour monter à l'échelle. Il avait appris à porter sur son dos quelqu'un de plus lourd que lui. Encore qu'il se soit demandé bien souvent si quelqu'un au monde pouvait être plus lourd à porter que lui-même...

Il avait joué le jeu. Il lui semblait que la vie ne l'avait pas beaucoup remercié.

Ce sentiment-là est étrange. Gentile croyait que l'on a des mérites, et que l'on est récompensé de ses efforts. Son idée – pas même une idée : une représentation spontanée – était que la vie aime et remercie un homme à travers les femmes, que celles-ci transmettent aux hommes son acquiescement. Il se rebellait devant l'injustice naturelle de l'existence; ou, pour adopter une hypothèse moins décourageante, il ne parvenait pas à en percevoir la cohérence, plus complexe.

Arrêt sur image. C'est le soir. Le ciel est encore diurne et la ville s'allume. Heure magique et lancinante du crépuscule, du désir qui ne sait pas ce qu'il cherche. Dans l'étendue que retient comme au creux d'un bras la courbe miroitante du fleuve, où les blocs d'immeubles, les clochers, les coupoles semblent les pièces d'un jeu d'échecs compliqué et resserré à l'extrême, le père Beato prie, peut-être, devant l'homme du Telone et Guido, avant de regagner son foyer, prend l'apéritif au bar, le temps d'une discussion animée sur les élections ou le prochain match. Aspasie, où est-elle ? Avec qui ? Avec un homme, certainement avec un homme, qui s'applique à lui plaire, qui sait sourire, qui sait la rassurer tout en l'intriguant.

Et Gentile prend des décisions.

Il ne reverra jamais Aspasie.

Il ne retournera jamais chez la comportemento-magnéto-thérapeute.

Il ne répondra plus au téléphone.

On viendra le chercher, si on veut.

Sur la façade de l'immeuble, le douloureux atlante porte sa pierre. Dans sa crypte repose la Santissima Tela, veillée avec une impeccable sollicitude par l'hygromètre et les cellules d'alarme.

Quelque part, depuis le sommet d'un building, ou l'abri d'une limousine de luxe, Nero contemple le spectacle, tel qu'il l'a ordonné.

L'après-midi fatidique

Une atmosphère grise et molle de début de printemps humide flottait sur le quartier quand fut en vue l'atlante de la façade. Aspasie leva les yeux vers lui. Elle aimait les statues. Déjà, quelques jours plus tôt, en apportant sa lettre (elle avait eu envie de voir où habitait Gentile), elle l'avait contemplé, frappée par son air triste. « Encore un qui aurait bien besoin de se faire dorloter les c... » À nouveau cette idée l'amusa, quoi qu'elle ne fût pas d'humeur fort gaie.

Souvent, Aspasie avait souhaité ne plus exister. Elle imaginait des puits, des ravins sans fond où elle tombait et s'anéantissait dans l'ombre. Elle retrouvait toujours, dans sa vie, ce même sentiment de n'aimer pas ce qu'elle était. Les hommes qui s'étaient dits amoureux d'elle étaient sincères, mais elle savait bien que, de façon erronée, séduits par une grâce extérieure, ils en inféraient une beauté de l'âme qui, à son avis, n'existait pas. Cela ne l'intéressait pas, elle, ce corps que l'on pouvait désirer. Quant à l'âme, elle n'avait rien à donner à personne : elle demandait. Aspasie se trouvait ordinaire; elle était n'importe qui, composée au hasard de traits, de pensées, de désirs qui n'allaient pas ensemble. Le sentiment de ces disparates, d'une dissociation continue, dominait la représentation qu'elle avait d'elle.

Trois ou quatre années de psychanalyse avaient achevé de l'en détourner : rien à tirer de ce sac d'embrouilles. Comment avait-elle été assez bête pour croire en cette entreprise, qui consiste à s'examiner, son problème étant justement qu'elle avait horreur de s'examiner ?

Son métier, choisi pour ce qu'il comportait d'ouverture au monde extérieur et aux êtres qui le peuplaient, n'arrangeait rien. Six ans de journalisme l'avaient déçue. Elle n'était qu'un miroir momentané qui passe. Le réel était loin. L'expérience concrète lui avait au reste fait comprendre que la réponse aux questions était, la plupart du temps, prévue avant même qu'on les eût posées. Tout se résolvait à la rhétorique du « papier », on rejetait un sujet s'il ne correspondait pas à une idée d'illustration, à la ligne éditoriale, etc. Les impératifs de la mise en scène finale ôtaient à l'interrogation toute validité. Que reste-t-il d'une question à laquelle on ne permet pas toutes les réponses qu'elle implique ?

C'était pour ça aussi qu'elle s'était attachée à l'idée de confesser des hommes ordinaires qui, peut-être, ne lui refuseraient pas un peu de vraie réalité. C'était la ressource que lui avaient fournie son métier, son époque.

Pourquoi revenait-elle aujourd'hui chez Gentile ? Il lui fallait convenir, non sans réticence, que le prétexte d'enquête n'épuisait pas les motifs de son obstination à l'approcher.

D'abord elle avait été vexée, blessée même, ayant eu l'impression qu'il la méprisait. Bon, d'accord, ce n'était peut-être pas très malin, son histoire d'enquête sur les hommes, mais est-ce que ça l'empêchait de se montrer un tant soit peu amical ? Elle retrouvait là l'intuition qui la taraudait : son foutu livre ne servirait à rien ni à personne, c'est elle seule qui en avait besoin.

Elle lui en voulait ensuite de son comportement. Qu'est-ce que c'était que ces façons de se mettre en morceaux devant elle ? Que craignait-il ? Il l'avait déçue. Elle ne savait pas si elle aurait acquiescé ou non, mais, puisqu'il lui avait laissé entendre un désir de sa part, elle aurait trouvé normal qu'il l'assumât et l'exprimât comme un grand garçon, comme un homme.

L'idée l'avait traversée, lors de leur deuxième entretien, que Gentile avait un problème précis avec les femmes, un problème d'impuissance peut-être. En même temps elle n'y croyait pas.

Pas un instant. D'ailleurs ça n'existe pas, l'impuissance. « C'est dans la tête. »

Ce qui résultait de tout cela, et qu'elle était à la fin bien obligée de se dire, c'est que le capitaine Gentile ne lui était pas indifférent.

Il y avait autre chose. Quand elle lui avait dit « Vous me faites peur », il ne s'agissait pas de la peur que peut inspirer un homme dont l'insistance devient menaçante. En plein jour à cet endroit, il lui suffisait de crier pour avoir cent témoins. Ce qui lui avait fait peur, c'était cette dislocation d'un individu, dont il lui avait donné le spectacle en direct; cette dislocation qui était le miroir de la sienne. Ce brave *vigile del fuoco*, costaud, courageux, responsable, symbole parfait de toutes les vertus, révélant le gouffre intérieur d'un inexplicable chagrin, lui donnait le vertige.

Elle avait téléphoné, le matin. Il ne répondait pas. Au troisième essai, la ligne était occupée. Au quatrième, une minute après, pas de réponse. Elle en avait déduit qu'il était chez lui et ne décrochait pas. Elle se résolut à enregistrer un message sur le répondeur, songeant non sans déplaisir que sa voix retentissait peut-être dans l'appartement, en présence d'un Gentile décidé au silence.

« Je voudrais qu'on s'explique. Je viendrai sonner chez vous vers trois heures. Si vous ne pouvez pas être là, merci de me laisser le message au standard du journal. »

Annoncer sa venue chez lui était une façon de lui faire comprendre qu'elle n'avait pas peur ; ou du moins, pas pour les raisons qu'il avait pu imaginer.

Une bouffée de lassitude l'envahit lorsqu'elle appuya, en bas, sur le bouton d'ouverture de la porte ; elle se demandait ce qu'elle faisait là ; est-ce que ça en valait la peine ? Et qu'allait-il penser ? Et s'il se jetait sur elle ? Il était quand même sérieusement déclaveté... Ce danger, pourtant, lui paraissait fictif, sans qu'elle sût pourquoi. Elle entra et prit place dans l'ascenseur.

Il faut croire qu'Aspasie, Guido, et le père Beato, et la CMT, en dépit de sincères efforts, ne percevaient pas toute la gravité du cas Gentile. Ils avaient senti, dans une certaine mesure, qu'il vivait un drame, mais jusqu'où cela allait, ils ne le savaient pas encore.

La suite fut peut-être voulue par Gentile, afin de les amener à de nouvelles questions, à de nouvelles réponses. Peut-être fût-ce précisément un effet de leur présence et de leurs interventions auprès de lui. Peut-être le pompier voulut-il être leur pédagogue – à la condition d'admettre qu'il ne savait pas lui-même vers quoi il les guidait. Nos comportements ne sont que les symptômes de notre être. Nous ne savons pas à quoi nous obéissons. Pas uniquement peut-être au « ça » et au « surmoi » : ce serait un peu simple. S'en tenir là relève de la réalisation d'hypothèse.

Aspasie parvint à l'étage, repéra la porte, sonna. Une fois, deux fois. Au troisième coup de sonnette, Gentile n'avait pas répondu.

Au quatrième coup de sonnette, elle tourna la poignée ; la porte s'ouvrit, laissant échapper un léger couinement.

Il y avait dans le vestibule un vélo, des chaussures de sport, deux ou trois cartons empilés, au contenu indistinct.

– Vous êtes là ?

Un coup d'œil dans la cuisine, à sa gauche, la lui révéla vide. Elle fit encore deux pas et entra dans le séjour.

Elle eut un haut-le-corps et resta clouée, le cœur battant, le souffle suspendu.

Gentile était là, oui, on ne pouvait pas dire le contraire. Il était là, sur le canapé, assis, un bras sur l'accoudoir, l'autre abandonné le long de la cuisse, la paume vers le haut. Les yeux étaient mi-clos. Il paraissait plongé dans une profonde rêverie. Il n'avait manifestement pas entendu sonner, il ne l'avait pas entendue entrer ; il ne la voyait pas dans la pièce. C'était évident. Gentile était absent. Gentile était ailleurs.

Elle eut la certitude immédiate que ce jour-là, il ne bougerait pas, ne parlerait pas ; qu'il venait de fermer une porte et d'instaurer un grand, un profond silence. Tout son être le proclamait sans équivoque.

Il n'y avait plus là que le mannequin du pompier Gentile, un Gentile absent comme seuls les morts savent l'être. *Gentile allontanato.*

Entre les paupières entrouvertes, les prunelles reflétaient le jour venant de la porte-fenêtre.

– Mais bougez donc, parlez, faites quelque chose !

Elle avait lancé cela d'une voix forte, aussi ferme et assurée qu'elle le pouvait. Cela lui fit du bien. Elle eut envie de bruit, et, avisant la télé, l'alluma.

Elle s'approcha du pompier, lui secoua l'épaule. Rien.

Son regard fut alors attiré par une feuille blanche et un stylo, posés devant lui sur la table basse. Quelques mots y étaient tracés :

Non voglio sorridere nello s

Cela s'interrompait sur ce « s ».

Oppositionnisme négativiste

Ce furent ses collègues qui vinrent le chercher. Dès qu'ils surent qu'ils avaient affaire à Gentile, le service médico-psychologique fut averti; et, par ce dernier, le père Beato. On sollicita également la comportemento-magnétothérapeute.

L'un et l'autre, ainsi qu'Aspasie, se retrouvèrent en fin d'après-midi dans le bureau du médecin hospitalier. Guido n'avait pu se libérer; le père Beato l'appellerait plus tard. On avait également téléphoné au frère du pompier; mais il accompagnait une excursion scolaire et ne serait pas rentré avant dix heures du soir; quant à sa femme, elle devait s'occuper des enfants.

Le médecin, un jeune type du genre décontracté et rassurant, semblait surpris, presque amusé :

– C'est un cas tout à fait singulier. À la vérité, je n'avais encore jamais vu ça. Nous lui avons fait subir tous les examens élémentaires en matière cardiaque et neurologique. Je puis vous certifier que le capitaine Gentile est en parfaite santé.

– Je ne trouve quand même pas qu'il pète le feu, hasarda Aspasie.

Le médecin laissa échapper un sourire.

– Vous êtes sa...

– Sa compagne, oui.

Le père Beato lui jeta un bref coup d'œil, en biais. À partir de ce moment-là, le médecin s'adressa plus particulièrement à elle. D'après lui, l'espèce de catalepsie dont le patient présentait les symptômes n'était imputable à aucune cause physiologique – réserve faite, éventuellement, d'un micro-accident cérébral, cas rarissime et que pourrait, de toute façon, vérifier un « balayage tomo-densito-métrique ». Mais c'était très improbable.

– Bref : aussi étrange que cela paraisse, votre compagnon n'a rien. Tout ce que l'on peut dire est qu'il a en quelque sorte décidé, pour des raisons qui sont les siennes, de se murer dans ce silence.

– Ce qui suppose un état mental particulièrement... fragile ? suggéra le père Beato.

– Cela s'apparente à une pathologie, oui, au sens le plus strict du terme. Mais sans doute ma collègue (il désignait la CMT de ce terme flatteur) peut-elle nous en dire davantage sur ce point.

La CMT prit la parole, de sa petite voix douce et appliquée. Il s'agissait bien évidemment d'un syndrome de Kahlbaum, elle était d'accord avec le médecin. Autrement dit, une catatonie. Une réaction rare – surtout poussée à ce point – mais déjà observée et décrite : apathie, résistance à l'action, perte de l'initiative motrice. Il fut également question de flexibilité cireuse, de plasticité persistante.

– D'un point de vue psychologique, et compte tenu de ce que j'ai pu observer de sa personnalité, il me semble qu'on peut parler d'un cas type d'oppositionnisme négativiste.

– C'est passible du camp de travail ?

La question, ouvertement ironique, venait d'Aspasie. Elle avait éprouvé une immédiate antipathie envers la CMT, laquelle ne s'y trompa point et répliqua sèchement :

– Je ne cherche qu'à l'aider. Au fait, puisque vous êtes son amie, vous avez peut-être remarqué des signes avant-coureurs ?

Le ton marquait un défi. Elle semblait ne pas croire un instant qu'Aspasie fût l'amie de Gentile. Cette dernière se reprochait d'ailleurs de s'être approprié le malheureux, en profitant de l'impossibilité où il était de dire le contraire (mais eût-il dit le contraire ?). Et se le reprocher n'était rien : ce qui la sidérait était d'avoir eu ce mouvement, ce réflexe ; ou cet élan.

La comportemento-magnéto-thérapeute était déjà repartie dans ses explications :

– Je n'ai vu le capitaine Gentile qu'une fois. Mais cela m'a suffi pour déceler un déficit identitaire plus qu'évident. L'image qu'il a de lui-même est gravement endommagée, brouillée, négative. Pourquoi, je l'ignore, n'ayant pas eu l'occasion d'aller plus avant. Il faut supposer un vécu relationnel hyperdévalorisant.

Les yeux noisette s'étaient fichés sur Aspasie comme des fléchettes.

– Dans ce contexte, poursuivit-elle, son état présent signifie très clairement un refus d'aller plus loin. Il veut anéantir son propre désir de communiquer, en même temps que repousser celui des autres. Bien entendu, ces réactions-là sont toujours ambivalentes : c'est aussi une façon d'exiger qu'on se préoccupe de lui.

Comme ils quittaient le bureau, Aspasie demanda au médecin la permission d'aller voir Gentile dans sa chambre. Elle l'obtint.

Il était allongé, immobile, en pyjama d'hôpital, des électrodes fixées aux tempes et au cœur.

Elle songeait à l'atlante malheureux de la façade. Une idée lui vint, qui, malgré le caractère dramatique de la situation, lui donna envie de rire. Elle se réprima, adopta une expression grave et douce, songeant que peut-être *il la voyait.* Mais elle ne put s'empêcher de poser la main sur sa joue, délicatement; une joue mûre et chaude, légèrement piquante de barbe.

À son retour dans le couloir, elle constata avec satisfaction que la CMT était partie. (« Bon débarras. ») Elle se tourna vers le prêtre :

– Je suis venue en voiture. Puis-je vous raccompagner quelque part ?

– C'est très gentil à vous.

Ils marchèrent. L'hôpital se trouvait dans un quartier suburbain aux rues bordées de hauts immeubles populaires, avec des loggias où s'apercevaient du linge étendu, des vélos, des cages à oiseaux, divers matériels au rebut.

– J'ai un aveu à vous faire, déclara Aspasie.

– Dites.

– J'ai menti, je ne suis pas la compagne de Gentile.

– C'est ce qu'il m'avait semblé... Et pourquoi avoir menti ?

– Je ne sais pas.

Elle regardait droit devant elle et sentit sa gorge se nouer.

– Tout cela est si triste. Je voudrais qu'il soit heureux.

– Dieu vous bénisse pour cette parole.

Ils s'installaient dans la voiture.

– Que savez-vous de lui ? demanda le père Beato tandis qu'elle manœuvrait pour quitter le stationnement.

– Presque rien... Je voulais l'interviewer dans le cadre d'un livre sur le malaise des hommes.

– Le malaise des hommes... C'est en effet un sujet sur lequel il y a beaucoup à dire, murmura le religieux avec une imperceptible ironie. Dites-moi... Si nous mettions en commun ce que nous connaissons de lui, nous pourrions sans doute mieux le comprendre...

– Oui... Et si je puis me permettre, j'irais bien prendre un verre. J'ai eu une sacrée peur en le découvrant ainsi.

La voiture fila vers le centre-ville.

Il fait un rêve très confus. Cela se passe de nuit, à la lisière d'un bois. Il y a là un rassemblement de gens, comme pour une fête, mais ce n'est rien de plus qu'un remuement obscur d'ombres et d'intrigues. Gentile est là, accroupi ou assis par terre, au pied d'un tronc. Personne ne prête attention à lui. On ne sait peut-être pas qu'il est là. Ou bien, si les inconnus qui l'entourent le savent, ils considèrent probablement que ce qui se passe ici ne le regarde pas. À ce moment, il pense : « La vie ne me connaît pas. » Cela sonne comme une évidence. Et cela sonne aussi comme un serment, la prédiction sourde d'une revanche. Une menace.

Aspasie et le père Beato s'arrêtèrent sur une place entourée d'arcades, qui s'évase en descendant vers le fleuve. La voiture tant bien que mal casée sur un passage réservé aux piétons, ils allèrent s'asseoir à une terrasse. Le ciel s'était dégagé. Il faisait bon.

Ils demeurèrent un moment silencieux. Le père Beato remuait le sucre dans son café. Aspasie s'était autorisé une vodka.

– Savez-vous quelle est ma pensée ? dit-il. Nous sommes peut-être involontairement responsables de ce qui arrive aujourd'hui.

– Comment cela ?

– Cette psychologue, vous, moi... Je me demande si notre intérêt pour lui n'a pas précipité sa fuite. J'ai eu, en le rencontrant, le sentiment qu'il ne voulait pas qu'on s'approche, qu'on puisse voir. *Malridotto, vergognoso...* Vous savez, on parlait de ça, autrefois, les « pauvres honteux ». Il existe en notre temps une foule de pauvres honteux, et pas seulement au sens économique.

– Vous voulez dire que ma curiosité, par exemple...

– Votre curiosité et mes bonnes intentions. Il y a des gens qui prennent la parole ; lui, il a pris le mutisme, en quelque sorte...

Aspasie apprécia. Cet humour discret augurait bien de la personnalité du prêtre.

Ils récapitulèrent. Un an après une intervention périlleuse et remarquée, le sauvetage de la Santissima Tela, cet homme paisible et équilibré saccage des affiches publicitaires. Il ne parvient pas à s'expliquer sur cet acte, ou ne le veut pas. Il souffre de quelque chose qu'on ignore.

– Un chagrin d'amour, suggéra Aspasie.

– Détrompez-vous. Enfin, oui, peut-être, mais pas dans le sens que suggère habituellement cette expression. Il n'a pas été quitté.

Il évoqua le témoignage de Lisia, tel qu'on le lui avait rapporté.

– Vous noterez, ajouta-t-il, que ces événements sont déjà séparés de moi par deux récits, de vous par trois récits. Autant dire que nous pouvons nous trouver fort loin de ce qui s'est passé vraiment...

Elle l'écoutait avec curiosité.

– C'est un problème de journaliste que vous me posez là !

– On dirait qu'il a identifié un point douloureux de sa conscience, poursuivit le religieux, et qu'il s'est jeté dessus, qu'il s'est délibérément laissé envahir, comme s'il voulait connaître sa part singulière de malheur. Et puis il y a ce geste, cette destruction d'affiches, qui le met en marge de son travail, qui le fait décrocher de tout.

Aspasie songea à cet instant que le prêtre, pas plus qu'elle, ne faisait mention de la CMT. Ni de ce qu'elle avait dit, ni de ce qu'éventuellement elle eût pu dire de plus. Pourquoi étaient-ils tacitement d'accord pour la laisser de côté ?

– Mon père, j'ai autre chose à vous avouer, dit-elle avec un sourire songeur.

– Je vous écoute.

– J'ai la clef de son appartement. Il y avait un double suspendu dans l'entrée, je l'ai pris.

– Alors, rien ne nous empêche de nous y rendre, dit tranquillement Beato.

– Vous croyez ?

– Pourquoi pas. C'est pour lui que nous le faisons, n'est-ce pas ? Et je crois que sans violer son intimité, nous avons tout à gagner à respirer l'ambiance dans laquelle il vit. Vous auriez le temps, maintenant ?

Elle avait le temps. Le père Beato reprit place à côté d'elle dans la voiture, impassible. Il devait bien savoir pourtant qu'il l'étonnait, et en tirer quelque fierté amusée; mais il n'en laissait rien paraître. Ils se rendirent chez Gentile.

Sitôt entrés dans l'appartement, ils s'immobilisèrent, impressionnés; le tintement de l'absence semblait leur sonner aux oreilles.

Au pied du vélo appuyé contre le mur, les chaussures de sport n'avaient pas l'air de sentir bon. Elles voisinaient avec les cartons empilés. Aspasie remarqua aussi un cageot de marché où étaient amoncelés des journaux gratuits, des pubs de boîte aux lettres.

La cuisine comportait un four à micro-ondes de modèle ordinaire, un frigo contenant des bières, des pizzas surgelées, et, détail émouvant, du yaourt à boire, parfum fraise. À côté de l'évier se trouvait un petit percolateur. Peu de vaisselle. Pas de machine à laver : il devait se rendre au « lavomatic » voisin.

Ils considérèrent ensuite le séjour, meublé du seul canapé-lit, face au « combi TV-mag » que jouxtaient des cassettes : des films d'action américains, du Harrison Ford, du Schwarzenegger. *Le Cinquième Élément.* Un coffret de quatre cassettes documentaires portant sur la Seconde Guerre mondiale. Une carte d'abonnement à un vidéo-club.

Ils gagnèrent la chambre. Elle ne comportait pas de lit. Elle était réduite à l'état de débarras : fringues empilées sur une table, étagères démontées, quelques bouquins : des polars médiocres, des romans d'espionnage.

Le prêtre les examina, tandis qu'Aspasie ouvrait résolument la fenêtre.

– Tiens. C'est bizarre, ça...

Elle se retourna. Il venait de trouver dans un carton une pile de périodiques, de vieux comic strips des années soixante.

– Pourquoi a-t-il conservé ça ?

Ils se mirent à feuilleter quelques numéros. C'étaient des histoires indigentes et banalement dessinées, avec des visages aux expressions exagérées, accompagnés de points d'exclamation, des BANG ! et des WHHOUIPP ! à toutes les pages. L'intrigue à rallonges portait sur les méfaits d'un bandit international, payé par une puissance hostile venue d'une autre planète, et qui se proposait de multiples attentats. Il utilisait, pour piéger ses victimes ou pour son plaisir personnel, les services de filles à gros seins, prêtes à tout pour atteindre leurs objectifs, ce qui permettait aux auteurs d'intercaler des vignettes obscènes.

Ce déplaisant personnage s'appelait : Nero. Un buste de l'empereur maudit s'entrevoyait dans l'espèce de bureau-cathédrale où le « forban » ourdissait ses menées diaboliques, invariablement contrées par un blond sympathique et fade, résolument insensible aux sollicitations des filles à lèvres pulpeuses.

Ils revinrent dans le séjour.

– Que pensez-vous de cet endroit ? murmura le prêtre.

– Turne de célibatoche.

– Si l'on veut... Mais je ne dirais pas « célibataire », ce mot désigne un état qui peut être assumé. Ici, nous sommes chez un homme déserté, vidé. C'est le logis d'un homme qui n'a plus de maison. C'est une ruine.

La sonnette de l'entrée retentit à ce moment. Par la porte demeurée entrebâillée, ils virent apparaître une femme.

– Excusez-moi, dit-elle. Je vous ai entendus arriver... Je suis la voisine. Je voulais savoir ce qui s'est passé.

– Entrez, madame, dit le prêtre. Le capitaine Gentile a dû être hospitalisé.

Elle avait dans la main un paquet de Chesterfield lights et un briquet. Elle s'assit, cependant que le religieux lui résumait l'affaire.

– Vous le connaissiez bien ?

– Oui et non...

Elle alluma une cigarette.

– Je n'habite pas ici depuis longtemps. Je suis seule, il m'a aidée une fois ou deux pour de petits travaux, et nous avons lié connaissance.

Aspasie regardait cette femme légèrement flétrie, mais sensuelle et désirable. Un peu paumée aussi, sans doute. Elle eut la conviction que la visiteuse avait porté les yeux sur l'homme Gentile. Le père Beato lui posa quelques questions, auxquelles elle répondit volontiers, reconnaissant manifestement dans le prêtre une autorité qui ne se discute pas.

– Il ne parlait pas beaucoup. Mais il se montrait amical et attentif.

– Rien d'anormal dans son comportement ?

– Non. Plutôt timide au début...

Aspasie fronça les sourcils. Au début de quoi ? Cette femme ne disait pas tout, elle avait couché avec Gentile, et elle en fut soudain mortifiée.

– L'avez-vous vu avec une femme ? demandait à ce moment-là le père Beato.

– Non. Je crois qu'il était seul.

Elle paraissait légèrement gênée, et Aspasie en fut confortée dans ses soupçons. Le pincement qu'elle en ressentit l'étonna, mais il lui fallait bien se l'avouer : l'idée que cette femme eût étreint le corps qui gisait à présent, inerte, sur un lit d'hôpital, la pensée que Gentile eût connu son contentement d'homme entre ces hanches, sur ces seins et ce ventre, lui parurent extrêmement désagréables.

– Il y a autre chose que je dois peut-être vous dire, ajouta alors la visiteuse en hésitant. Je... Nous... Enfin il s'est passé quelque chose entre nous.

(« Rien ! Rien, connasse, il ne s'est rien passé du tout, c'est ce que tu crois parce que tu l'as laissé tirer son coup ! »)

– Et c'était terminé ?

– Je ne sais pas. Nous n'avons jamais envisagé la suite.

À ce moment-là, Aspasie vit la feuille de papier où Gentile avait tracé quelques mots. Elle l'avait oubliée entre tant. Elle la saisit et la tendit au prêtre, assez ostensiblement pour qu'il fût clair qu'elle ne cherchait pas à en faire profiter la visiteuse.

– Je n'y pensais plus... Il a laissé cela, aussi.

Beato saisit le bout de papier.

Non voglio sorridere nello s

Investigations

Gentile était à présent le pompier virtuel qui apparaissait sur la page d'accueil du site Web des sapeurs-pompiers. Ce pompier virtuel n'a qu'une chose à faire : un clin d'œil, avant qu'on ne passe à l'écran suivant, comportant le sommaire du site. À la suite de la destruction des affiches et de son congé exceptionnel, on avait fini par le réintégrer à ce poste. On lui avait expliqué qu'il devait, désormais, se reposer. Qu'on avait peur, en outre, qu'il ne fût maladroit avec les blessés, qu'il ne parvînt plus à éteindre les feux. Il était donc le pompier qui fait un clin d'œil chaque fois que quelqu'un compose le www... « C'est un bon poste, ce sera bien pour toi », lui disait Guido. Gentile passait donc son temps à faire des clins d'œil, chaque fois qu'un voyant vert s'allumait, signalant que quelqu'un venait de se connecter au site. En même temps, il pensait que c'était stupide, ridicule ; que le per-

sonnage du Telone, lui, ne faisait pas de clin d'œil.

Aspasie et le prêtre avaient quitté l'appartement de Gentile. Elle raccompagnait maintenant son passager vers la Mission pastorale, où il avait ses quartiers. Ensuite, elle rentrerait chez elle. Elle vivait seule. Elle songea qu'elle prendrait un bain, préparerait du thé, réfléchirait à beaucoup de choses.

Beato avait gardé la feuille de papier.

– *Non voglio sorridere nello s...* À votre avis, quel serait le mot suivant ? Je ne veux pas sourire dans le...

– *Specchio* ? Dans un miroir ?

– Peut-être... Cette psychologue que nous avons vue affirme, si j'ai bien compris, que Gentile s'est fait de lui-même une idée négative...

– Elle n'y comprend rien, dit Aspasie en haussant les épaules.

– Croyez-vous ?

Beato la regardait du coin de l'œil, à son insu.

– Elle ne l'aime pas, dit Aspasie d'une voix sourde, concentrée sur sa conduite. Elle n'a aucune sympathie pour lui, au sens profond du terme.

– Si c'est vous qui le dites...

Elle se tourna brièvement vers le religieux, et il y eut de part et d'autre l'amorce d'un sourire.

– Croyez-moi, elle ne l'aime pas... Elle sent

chez Gentile quelque chose qu'elle déteste. De toute façon, c'est une sectaire. Cette fille a condamné à mort les deux tiers de l'humanité.

– Comment le savez-vous ?

– Ça se voit.

Le religieux n'insista pas.

Le lendemain, il prit contact avec l'ex-femme de Gentile.

Elle vivait maintenant dans un pavillon de banlieue, avec un autre homme, duquel elle avait eu un enfant. Beato, qui avait envie de la rencontrer (un entretien téléphonique lui paraissait insuffisant), eut du mal à la convaincre de le recevoir; son compagnon serait furieux, expliquait-elle, s'il apprenait qu'elle avait reçu un prêtre pour parler de Gentile.

– Est-il là ? Je puis lui faire la demande moi-même, si vous voulez.

– Non. Il est absent jusqu'à ce soir.

– Eh bien, je viens vous voir tout de suite, et il n'en saura rien.

Elle accepta, de guerre lasse. Beato emprunta la petite Fiat de la Mission pastorale et s'en fut dans les faubourgs.

Après s'être trompé de chemin deux ou trois fois, il finit par s'arrêter devant une maisonnette formée en tout et pour tout d'un rez-de-chaussée, et entourée d'un petit jardin. La femme était une blonde, ni laide ni belle; elle portait au cou un petit crucifix d'argent. Elle s'exprimait avec timidité, manifestement impressionnée, comme l'avait été la voisine de Gentile, de parler à un prêtre. Beato percevait souvent et très nettement cette réaction. On pouvait même la dire typique des populations déchristianisées, mais qui se souvenaient de piétés familiales.

– Vous savez, souffla-t-elle après l'avoir fait asseoir dans son salon, je n'ai guère envie de parler de lui. Ni d'en entendre parler...

– Je comprends. J'aimerais seulement savoir ce qui s'est passé, et qui a fait échouer votre union.

– Bah... Un peu tout. J'étais jeune, on s'est rencontrés et mariés très vite. Puis on s'est retrouvés en train de vivre ensemble.

« On s'est retrouvés... » La formulation même en disait plus long qu'un long discours.

– Sitôt que j'ai parlé d'avoir un enfant, il s'est mis à fuir.

Il essaya de la faire broder un peu; il n'obtint pas grand-chose. C'était l'histoire banale d'un couple banal, formé par hasard, sur une inclination occasionnelle, et qui n'avait pas résisté au fil des jours, à l'habitude. Ces couples-là étaient nombreux. On pouvait dire qu'ils n'avaient consisté qu'en un désir fugace, un besoin de sécurité, quelques achats brochant sur le tout. Et quant au désarroi qu'il y avait dans les âmes... C'était une autre question. La question.

– Je l'avais cru sérieux, solide. Et puis non. À un moment donné, il s'est trouvé des copains dans le quartier où nous habitions, il y avait un café où ils jouaient au billard. Il y passait des soirées. Au début, j'ai patienté, et puis j'en ai eu marre. On aurait dit qu'il ne voulait jamais être là. Un jour, quelqu'un m'a dit qu'il s'était fait... enfin... Bon, il y avait une fille dans les parages, je savais qui elle était, le genre qui cherche tous les hommes. Un soir, il n'est rentré qu'à trois heures du matin. Le lendemain, quelqu'un m'a dit l'avoir vu partir avec elle. Alors je l'ai flanqué dehors. Et j'ai décidé qu'on allait se séparer.

– Êtiez-vous sûre d'avoir été trompée ?

– Son sweat-shirt empestait le parfum. Une saloperie bon marché, dont elle devait s'asperger pour exciter les mecs... Excusez-moi, mon père...

– Ne vous en faites pas... Et vous n'avez pas pu lui pardonner.

– J'aurais pardonné à un homme que j'aimais. Ça m'aurait fait mal, mais je crois que j'aurais essayé. Là, non : je me suis rendu compte que ça ne me faisait pas vraiment souffrir. Ça me dégoûtait, plutôt, qu'il ait eu envie de cette fille. De toute façon, la plupart des hommes aiment les filles de ce genre. Oui, ça me dégoûtait, et puis j'étais furieuse, parce que ses copains avaient vu ce qui se passait, et ils me connaissaient. Mais cela ne me faisait pas souffrir comme quand on aime, vous voyez ?

– Vous avez entendu parler de ce qu'il a fait par la suite ?

– Vous voulez dire l'incendie ?

– Oui. Et plus récemment...

– Oui, oui, cette histoire... Je n'en pense rien, vous savez. S'il a continué à traîner et à boire, il est peut-être malheureux. Moi, je n'y peux plus rien. Maintenant, je suis à un autre.

Beato s'en retourna songeur. Si cette femme avait su un jour quelque chose de Gentile, c'était bien fini ; il paraissait dans son souvenir comme un étranger, un importun, à qui rien ne l'avait liée sinon un conflit pénible.

Le même jour, il eut au téléphone le frère de Gentile. Il n'en ressortit rien de plus. L'existence de Gentile se composait des mêmes ingrédients que celle de milliers de gens. On pouvait rechercher et additionner les causes de sa situation présente, elles ne l'expliquaient pas : intervenait un nombre inconnu, qui modifiait la somme.

La conversation sous le mimosa

Le troisième rêve se composait d'une image unique : son propre visage, sa photographie peut-être. Et ce visage se mit à se transformer, comme dans ces films où l'on voit en accéléré la course des nuages, l'épanouissement d'un bouton de rose. Mais ici le film passait à l'envers, et le visage de Gentile rajeunissait. Les cheveux redevinrent plus longs et plus noirs, la peau plus lisse, les joues plus pleines. Il eut vingt-cinq ans. Une frange apparut puis raccourcit, les cheveux couvrirent les oreilles. Il eut vingt ans. Il reconnut au passage la maudite photo de la carte d'identité, retrouva l'air empoté et contraint de ses seize ans, puis la coiffure fut plus courte ; en même temps, les formes s'adoucissaient, les traits se faisaient enfantins, et pourtant c'était toujours lui, ce regard grave, indiscutablement lui, en témoignait la continuité vertigineuse de cette métamorphose à rebours. Où cela allait-il ? Quelle était cette mue ? Toute la vie consistait à s'échapper : grandir, changer, c'était s'arracher, pour survivre, à une chrysalide dont l'étreinte, si on ne la brisait pas, serait mortelle. Et voilà qu'il retournait à sa chrysalide. Il eut le temps de songer que ce n'était qu'un rêve, heureusement, une simulation, une expérience imaginaire fort instructive, qu'il se garderait bien de reproduire dans la réalité.

À l'initiative du syndicaliste, Aspasie, le père Beato et Guido se retrouvèrent le soir venu, non loin de la caserne centrale, dans la même trattoria où, quelque temps plus tôt, ce dernier avait mis en présence son collègue et le prêtre. Il faisait doux ; ils obtinrent une table dans la cour, sous le mimosa qui fleurissait.

Aspasie était retournée à l'hôpital. L'état de Gentile n'avait pas évolué. Le médecin avait choisi de le faire dormir, pensant qu'il oublierait ainsi son « oppositionnisme négativiste », et qu'il en sortirait en même temps que du sommeil.

Beato relata sa visite auprès de l'ex-épouse de Gentile. Guido, qui avait connu le couple, souligna que ce n'était là qu'un son de cloche.

– C'est vrai qu'à la fin, il ne mettait plus les pieds chez lui. Il n'a pas été très chic. Mais aussi, on n'attrape pas les mouches avec du vinaigre. On aurait dit qu'elle l'avait choisi dans le seul but de pouvoir s'en plaindre. Elle ne parvenait pas à lui demander quoi que ce soit sans que ça ait l'air d'un reproche. En somme, il a fini par lui donner satisfaction.

Aspasie les regardait tour à tour, en songeant à ce qu'avait d'insolite cette réunion d'une journaliste, d'un prêtre et d'un pompier, préoccupés d'un homme « en parfaite santé » immobile sur un lit d'hôpital. C'était irréel, et pourtant ils étaient bien là. Plus étrange encore : en dépit de ce que la situation pouvait présenter de dramatique, elle leur procurait ce moment, empreint d'un inexplicable charme. Ils avaient devant eux des fragments d'une existence, des traces, une apparence, quelques faits et gestes qui demandaient à être intelligibles. Ils cherchaient des suggestions qui leur permissent de répondre à cette demande.

– Le Santo Aspetto soustrait aux flammes, murmura le père Beato ; puis les images publicitaires détruites. Au moyen du même geste, notez-le, ajouta-t-il après une pause : briser une glace. Et puis il y a ce miroir où il ne veut pas sourire... À supposer que le mot manquant soit bien *miroir*... Ah, vous n'avez pas vu ça, c'est vrai.

Il tira de sa poche la feuille de papier, qu'il tendit à Guido.

– Bizarre, opina ce dernier. Vous voyez à quoi il peut faire allusion ?

– Pas du tout. Mais il me semble que tout cela tourne autour de la représentation du visage humain. Dites, ma question va vous sembler idiote, mais ça lui a fait quel effet, d'être le sauveteur du Telone ?

– Il n'en a plus jamais reparlé. Ce n'est pas quelqu'un qui parle beaucoup, vous savez. Et pas le genre à en tirer gloriole.

– Moi, dit Aspasie, je pense que ça le gênait plutôt. C'est l'impression qu'il m'a laissée lorsque je l'ai vu à ce moment-là. Il répondait à côté, il n'avait pas envie qu'on fasse des commentaires.

– Vous croyez ?

– Oui. J'ai senti une réticence énorme. Comme s'il n'aimait pas celui qu'il était en faisant ce geste.

– C'est pourtant une belle action.

– Justement... Je me demande si les affiches détruites, ce n'est pas le geste de quelqu'un qui voudrait faire du mal, montrer un désir de nuire... Ce n'est sans doute pas clair, ce que je dis là... Il sent qu'il y a en lui de la violence et du mal. Mais il ne sait pas quoi en faire. Il ne l'a jamais su. Il voudrait être un prédateur, tout le contraire de ce qu'il est. Cela lui fait horreur et le fascine. Il se reproche de le désirer, et en même temps, il se méprise de ne pas y parvenir.

– Comment pensez-vous le comprendre aussi bien ?

Une jeune serveuse apportait le pain et la carafe de vin, ainsi qu'une coupe d'olives. Elle avait une vingtaine d'années, les bras nus, les fesses et les jambes moulées dans un pantalon blanc. Aspasie observa qu'elle semblait faire beaucoup d'effet sur Guido.

– Je ne sais pas si je le comprends, reprit-elle. Et puis on est tous faits d'un milliard de choses... En tout cas, il se comporte comme s'il voulait se punir, ou comme s'il souhaitait l'échec. C'est curieux, ce qu'a raconté cette fille qui a téléphoné... En fait, il a lui-même saboté leur histoire, non ?

– C'est ce qu'il en ressort, dit le père Beato. Et en un sens, cela explique son geste à Porte-Neuve. Ces affiches mettaient en scène ce qui l'avait fait souffrir. En s'en prenant à elles, il s'est attaqué à une représentation de son malheur intime, ou de ce qu'il estimait tel : la femme qu'il aimait ravie par un autre homme, alors même que lui essayait en vain de l'approcher. Ces affiches lui ont mis sous les yeux ce qui l'avait blessé, ce qu'il ne pouvait pas imaginer sans souffrance. Elles faisaient de lui le voyeur de sa propre infortune.

Aspasie approuvait.

– Et en même temps, dit-elle, ça ne suffit pas. D'après le journal, il a dit une seule chose pour expliquer son geste : « Ce genre d'affiche m'agresse, depuis des années. » Qu'est-ce qu'il entend au juste par « ce genre d'affiche » ? À quelles autres images les associe-t-il ?

Arrivaient les pâtes. Guido ne put se retenir de tourner quelques gentillesses un peu lourdes à la petite serveuse, qui les accepta avec philosophie ; il faut se résigner à attirer l'œil des hommes.

Aspasie poursuivait son idée. Ces affiches, expliquait-elle, appartenaient à une imagerie ambiante, à l'environnement collectif. Elles constituaient une représentation conventionnelle des rapports de séduction, avec ce que cela comporte de bête et d'agaçant :

– Nous sommes tous contraints de supporter que ce qu'il y a de plus précieux dans notre vie soit réduit à des figurations convenues, arrimé à des fringues ou à du déodorant... J'ai lu un bouquin très intéressant sur le rôle de la pub, au-delà du faire-vendre. Le type prétend que la publicité nous suggère en permanence un accord profond avec le présent, un contentement, une approbation. Est-ce que ça ne serait pas sur ce contentement universel que Gentile a voulu cogner, parce qu'il était malheureux ?

Guido semblait au plus haut point convaincu.

– Pas compliqué. Le bonheur capitaliste, voilà ! Moi aussi, après tout, ça me casse les pieds tous les jours, ces machins-là. Bon, on n'y fait pas vraiment attention, mais c'est là, c'est comme l'été quand il y a des mouches... Je ne sais pas si vous avez remarqué, mais personne n'aime les mouches.

Cette observation insolite, prononcée avec un grand sérieux, fit rire Aspasie. Guido reprit la parole :

– Moi, je vais vous dire, commença-t-il, la fourchette tournant avec détermination dans les spaghetti : je vous écoute depuis un moment, j'y réfléchis depuis trois semaines, et tout ça me paraît très clair. Que l'histoire du sauvetage l'ait gêné, c'est une chose. Vous êtes emmerdants, il faut bien le dire, avec vos caméras. Et puis soit dit en passant, quand on se met en grève, y a moins de monde pour filmer. Mais bon, ce n'est pas de ça que je voulais parler. Pour moi, Gentile, en sauvant le Telone, a sauvé un bien qui appartient au peuple. Moi je ne crois pas en Dieu, vous le savez bien, je suis un marxiste...

Il s'interrompit pour faire descendre, d'une lampée de rouge, sa fourchettée de pâtes.

– ... Et s'il n'en reste qu'un, *cazzo*, ça sera moi. Donc, que l'on croie ou non, c'est pas la question : le Telone appartient à cette ville. Depuis des siècles, les gens l'ont vénéré, c'est un témoin de notre histoire. Des étrangers viennent de loin pour le voir ou pour l'étudier. Tenez, je suis allé en URSS, enfin en Russie, il y a dix ans ; j'ai vu comment les Russes après 1945 ont restauré Tsarskoïé-Selo, les palais des tsars. Le soin qu'a pris de son patrimoine ce peuple qui crevait de faim, dans un pays ravagé. Eh bien moi, je suis d'ici, et *cazzo* ! je serais prêt à me battre pour cette relique d'une religion qui n'est pas la mienne.

Beato l'avait écouté en approuvant doucement.

– Elle l'est peut-être davantage que vous ne le pensez, dit-il. Vos parents étaient catholiques ?

– Non. Mon père appartenait toute sa vie à une association pour la libre-pensée. D'ailleurs, les quelques bouquins qu'il a pu lire dans sa vie, c'est là qu'il les a trouvés.

– Et vos grands-parents ?

– Oui, eux, ils étaient catholiques.

– Et vous êtes un enfant de ce peuple qui pendant des siècles a prié Jésus.

– Mais je n'ai rien contre Jésus, mon père... Bref, ce que je voulais dire, c'est que je comprends aussi pourquoi il a bousillé ces affiches, même si c'est idiot. L'idée qu'on donne aux gens d'eux-mêmes à travers ça est minable. Franchement, je préférais encore les prolos de Staline, avec leurs gros bras et leurs marteaux. Ou alors, qu'on montre au moins aux gens des statues anciennes, du Michel-Ange, « des belles choses », comme disait mon père, justement, qui n'en a pas souvent vu.

– Oui, oui, murmurait Beato, en examinant la fine arcature translucide que formaient les pleurs du vin sur la paroi de son verre. Je comprends ce que vous voulez dire. Mais sans doute Gentile, lui, ne le comprend-il plus. Il ne sait plus d'où il vient...

– Vous ne mangez pas, mon père ?

– Si, si...

Il se remit distraitement à enrouler des spaghetti.

– Tout cela est affaire de mémoire, continua-t-il. Nous ne sommes que de la mémoire. Nous ressemblons en cela au Telone, au linceul, porteur des traces en partie visibles, en partie cryptées, de faits qui sont assurément advenus, mais dont le secret nous échappe, dont l'évidence nous confond.

– Vous pensez à la psychanalyse ? demanda Aspasie.

– La psychanalyse n'est qu'un des modes d'appréhension du passé. Il s'agit toujours de reconstituer une histoire. Vous comprendrez que tout en reconnaissant ses mérites, je persiste à déplorer qu'elle ne tienne compte ni de l'âme, ni de la Chute, ni du Salut – qu'elle désigne cependant, qu'elle ne peut pas ne pas désigner... L'Apocalypse ne nous dit-elle pas qu'un jour, le livre de la vie sera ouvert ?

– Elle ne tient pas compte non plus de l'histoire et de la classe sociale, grogna Guido. Le capitalisme d'aujourd'hui en profite d'ailleurs pleinement. Nous sommes tous cordialement invités à aller nous faire consoler chez des psychologues.

– Mais ce n'est pas à cela que je songeais en vous écoutant, reprit le religieux. Vous avez raison, Gentile a sans doute réagi comme vous. Peut-être n'avait-il jamais pensé à la valeur que le Telone pouvait avoir, pour tout le monde, et même pour lui. Et pourtant il s'est mis en danger pour le sauver. Comme ça, d'instinct, sur-le-champ. Et probablement pour les raisons que vous venez de donner : il est un enfant de ce peuple. Seulement, il n'y songe pas. Il ne sait pas pourquoi il a agi de la sorte. Il ne parvient pas à attribuer à ce geste une place dans son univers et dans sa vie. À tel point qu'en définitive, son acte l'encombre.... Et quelques mois plus tard, il s'en prend à des affiches, de façon un peu absurde, convenons-en. Là encore, c'est un acte qui a peut-être un sens, mais ce sens, il ne le connaît pas. Autrement dit, dans un cas comme dans l'autre, il est dépassé par ses actes. Et à travers ses actes, c'est son identité qui lui échappe.

Il ne mangeait toujours pas. Il avait reposé la fourchette et continuait à faire tourner devant lui son verre de vin, tout en parlant.

– Mais ce qui se manifeste en lui, reprit-il, ne lui est pas propre. C'est l'image même de l'homme qui est aujourd'hui affaiblie, la conscience que l'homme a de lui-même. Lorsque je célèbre la messe, il me semble que ce que je transmets de plus important aux fidèles, c'est qu'ils sont les enfants de Dieu, créés à sa semblance. Jésus, c'est le Divin venant se loger dans la nature humaine. Donc, ils ne sont pas *n'importe quoi*, voyez-vous ? Ils sont à l'image de Dieu. C'est d'ailleurs de cette rencontre entre le divin et l'humain que nous parle la Santissima Tela, qu'on a voulu détruire...

– Mais lui, intervint Aspasie, c'est à partir du jour où il l'a sauvée des flammes qu'il a été déstabilisé.

– Oui, dit le prêtre. Oui. C'est troublant, n'est-ce pas ? C'est comme si cet objet, en lui passant entre les mains, l'avait laissé vivant, mais intérieurement calciné, atomisé... Mais dites... Dites donc...

Il avait, tout en parlant, fini par réenrouler sur sa fourchette un petit écheveau de spaghetti ; mais il était dit qu'il ne mangerait pas encore ; il reposa une nouvelle fois la fourchette, les yeux dans le vague, poursuivant son idée :

– Il y a quelque chose d'évident qui m'apparaît soudain...

– Ah... Eh bien, dites-nous ?...

– Il me semble que j'ai compris ce qu'il vient de faire. Pensez à Gentile, en cet instant précis où je vous parle. Que voyez-vous ?

– Eh bien il est allongé sur un lit d'hôpital...

– Que fait-il ?

– Il est comme mort, les yeux clos.

– Voilà, dit Beato. Et ça ne vous rappelle rien ?

– Non...

– J'ai beaucoup médité sur l'homme du Telone, vous savez. C'est une image très étrange. Il y a d'abord ce grand corps d'homme, qui s'avoue, dans sa réalité de corps, avec son torse, ses jambes, ses pieds. Presque impudique. En un certain sens, oui, impudique. Et puis il y a ce visage rude et grave, aux yeux fermés. Il nous dit : Pensez à moi. Il nous dit : Je suis pour vous une énigme. Il nous dit : Je ne suis plus là, mais ma forme atteste que j'y ai été... Est-ce que vous avez vu des morts ? Ils sont ainsi, les morts. Ils disent un peu la même chose. Nous regardons avec stupeur le visage clos d'un défunt, nous avons l'impression qu'il sait déjà ce qu'il y a de l'autre côté... Il est encore ici, il est déjà ailleurs... Il sait désormais ce que nous ignorons ; nous en sommes exclus ; pourtant, il nous promet qu'un jour nous saurons, nous aussi. L'homme du Tendaggio est à la fois un mystère et une promesse. Un mystère voulu. L'homme du Tendaggio a voulu être une question. Eh bien, vous le voyez, le capitaine Gentile, immobile, les yeux clos, sur le drap d'un lit d'hôpital ? Comme c'est étrange... Il fait penser au Telone. Il mime l'homme du Telone.

Il les regardait avec inquiétude, tour à tour, comme s'il redoutait de passer pour fou.

– Mes amis, j'en suis sûr à présent, reprit-il

d'une voix pénétrée : *le capitaine Gentile a voulu être l'homme du Telone.*

Oui, telle fut bien l'hypothèse, l'hypothèse sidérante que forma le père Beato, ce soir-là, dans une cour de trattoria, en laissant refroidir ses spaghetti dans son assiette : *Gentile avait voulu être l'homme du Telone.*

Or, le lendemain matin, lorsque Aspasie, porteuse d'un flacon d'eau de toilette et d'un bouquet de mimosas, se présenta à l'hôpital où l'on veillait sur le malheureux pompier, ce fut pour constater que la chambre était vide, que Gentile avait disparu.

Le matin du troisième jour

Qu'on en pense ce qu'on veut : nous ne l'inventons pas, c'est bien cela qui se produisit.

Sans doute Gentile ne les avait-il pas encore emmenés assez loin ; sans doute, ne trouvant pas aux questions de sa vie les réponses en lui-même, avait-il voulu devenir question, n'être plus qu'une question, et contraindre par là les autres à se la poser. C'était comme s'il se fût adressé à eux en ces termes : « Vous vous interrogez sur mes actes ? Tu t'interroges sur le désarroi des hommes ? Très bien. Mais vous n'allez pas assez loin. Je vais vous aider. »

D'une certaine façon, cet homme perdu se faisait leur guide.

Oui, c'est peut-être ça. Et maintenant, il franchissait un pas de plus, il rendait plus évidente son absence, il les invitait à le suivre, on ne savait où.

Tout cela n'est qu'hypothèse. Nous avons toujours besoin d'hypothèses. Elles valent ce qu'elles valent. Ce qui est sûr est que Gentile avait disparu de la chambre d'hôpital.

Aspasie détestait l'odeur des chambres d'hôpital; en outre, elle s'était dit qu'allongé depuis deux jours, Gentile n'allait pas forcément sentir bon. C'est pourquoi elle avait eu l'idée d'apporter du mimosa et du parfum. Et qui sait si les épices orientales et les essences de fleurs dont se composait le produit ne le ramèneraient pas à la conscience ?

Elle arriva ainsi à l'hôpital, songeant à la conversation de la veille, aux paroles si mystérieusement convaincantes du prêtre. Ils avaient parlé tard encore dans la soirée : de certains propos tenus par l'archevêque, en privé, sur le fameux incendie, et qui avaient circulé; de ses théories sur la nouvelle intrusion du Mal dans le monde, « comme le sucre dans l'eau »; de l'image humaine, telle qu'elle apparaît dans l'art, dans la publicité, dans la photographie. La soirée s'était achevée en une controverse de plus en plus brouillonne entre Guido le matérialiste et Beato le spiritualiste. Elle repensait à tout cela en arrivant à l'hôpital avec son parfum et ses fleurs, et quand elle entra dans la chambre, il n'y avait plus personne sur le lit.

Elle ressortit, courut au bureau des infirmières. Celles-ci n'avaient rien vu. Non, on ne l'avait pas transféré dans un autre service, elles l'auraient su. On galopa en tous sens, on appela la réceptionniste au rez-de-chaussée, on tâcha de savoir quelles portes étaient ouvertes ou fermées. On supposa pour finir que Gentile avait filé par l'ascenseur de service, inutilisé avant six heures.

La direction des sapeurs-pompiers fut avertie aussitôt. Il fut décidé que si Gentile ne reparaissait pas d'ici au soir, il ferait l'objet d'un avis de recherches. Une photo de lui fut scannée, pour le cas où l'on imprimerait des affichettes. C'était la photo, un peu ancienne, du dossier qu'avait eu entre les mains le père Beato. Agrandie, elle devenait floue. Le visage était poupin. On le reconnaissait tout de même.

À midi, Aspasie eut la surprise d'être appelée au téléphone par la comportemento-magnéto-thérapeute.

– C'est le père Beato qui m'a informée. J'ai pensé que vous deviez être très inquiète...

– C'est gentil de m'appeler...

– Je sais à quoi tout le monde pense dans des situations de ce genre. C'est pourquoi je voulais vous dire qu'à mon avis, il n'est pas en situation suicidaire. Dans le genre comportement d'appel, il a déjà fait sa catatonie : en se réveillant à l'hôpital, il a pu comprendre qu'il avait été entendu. Donc je pense que vous ne devez pas trop vous inquiéter de ce côté-là, d'accord ?

– D'accord.

– Bon. Je voulais vous dire aussi que... Enfin,

je dois reconnaître que ça n'a pas tellement collé, entre lui et moi... Ce sont des choses qui arrivent. Je pense qu'il devra trouver un autre thérapeute ; peut-être qu'il serait mieux auprès d'un homme. Il a subi un choc, une intrusion violente. Je ne sais pas ce que c'est, mais il doit se reconstruire.

– Vous faites allusion à quoi ? Des traumatismes d'enfance ?

– Je ne sais pas. Lorsque je l'ai vu, il était secoué, comme s'il avait été battu. Vous savez, le genre de dépression que l'on peut traverser après un accident physique, une fracture, lorsque le système nerveux a été ébranlé. Je ne sais pas si les faits sont anciens ou récents, mais ils ont été réactivés récemment. C'est l'erreur que j'ai commise : il était trop fragile pour qu'on lui parle explicitement comme je l'ai fait.

Aspasie réfléchissait.

– Croyez-vous que cette histoire d'incendie ait pu être vécue par lui comme un traumatisme ?

– C'est possible. Il s'est retrouvé le héros du jour, jeté devant les caméras et oublié le lendemain. Cela peut déstabiliser. Il a compris qu'il avait fait quelque chose de très important, et c'est peut-être difficile à assumer. Il vivait tant bien que mal sa condition de pompier anonyme, cette affaire l'en a arraché.

– Comme s'il avait été brusquement désigné, tiré du rang...

– Euh... Oui. Si vous voulez.

Elles conclurent par des formules passe-partout. Aspasie pouvait la rappeler, « n'hésitez pas ». Surtout, elle ne devait pas s'en faire. Il allait certainement réapparaître.

Aspasie demeura perplexe. Des faits récents ou anciens. Une intrusion violente. Mouais. On pouvait tout invoquer, tout prouver, tout discuter, et personne ne savait rien.

À seize heures, un courrier électronique parvint sur les messageries d'Aspasie et du père Beato.

« Ne vous en faites pas. Je suis vivant. Je veux seulement être seul *(sic)*. Merci. »

Il n'avait pas signé. Beato tâcha d'établir la provenance du message. Celui-ci avait été expédié depuis un « cybercafé » du centre-ville. Tout indiquait qu'il émanait bien de Gentile, à qui l'une et l'autre avaient donné leur carte. On le trouva suffisamment rassurant pour renoncer, jusqu'à nouvel ordre, à l'avis de recherche. Les proches furent réunis au service médico-psychologique. Aspasie fit état de sa conversation avec la comportemento-magnéto-thérapeute. La belle-sœur de Gentile la regarda, l'air intrigué, et finit par demander timidement :

– Puis-je savoir comment il se fait qu'elle se soit adressée à vous ?

– Je me trouvais là quand elle est venue à l'hôpital. Elle me croit très proche de Gentile.

– Vous ne l'êtes pas ?

– J'ai rencontré votre beau-frère l'année dernière. Nous nous sommes revus deux ou trois fois ces derniers temps.

Vers dix-sept heures trente, on convint qu'il n'y avait rien de plus à faire. Chacun rentra chez soi.

Le père Beato prit son repas au réfectoire de la Mission pastorale. Puis il se promena un moment dans la cour. Il aimait ce paisible couvent du XIXe siècle, dont une aile était encore occupée par les religieuses. Au bout d'une dizaine de minutes, il regagna son petit appartement.

Pensif, il s'assit sur le siège spécial, face à la photo reproduisant le visage de l'homme du Telone.

Il ne se lassait pas de le regarder. Les traits étaient flous, l'expression paisible. On voyait les stries et les taches du linge. On ne sait quel lancinement émanait des profondeurs de cette sombre image. Elle faisait retentir dans l'esprit le sourd battement d'un cœur. Elle diffusait aussi une paix et une sérénité simples. Ce visage était prosaïque, à l'opposé de la majesté ampoulée de certaines représentations religieuses. C'était un homme, c'était absolument un homme, digne et dormant. Et tous ces traits que

Beato savait par cœur, ces constatations qu'il refaisait à chaque fois, l'assuraient de la vérité de cette image : il avait devant lui Jésus, dans la pénombre du tombeau, au sein même de son mystère et de son éternité.

Une fois de plus vaincu par cette douceur, il s'abandonna avec confiance.

– Seigneur, murmura-t-il, fais que ton serviteur, Gentile, retrouve le chemin qu'il a perdu. Fais que cette femme sache l'aimer, car c'est, je crois, ce qu'elle désire. Donne-leur la paix en ce monde, et conduis-les vers ta lumière. Toi seul connais, derrière tes yeux clos, l'autre versant de cette existence. Mais un jour, viendra la résurrection de la chair, et tu nous rendras ton regard. Alors, comme l'a dit Jean, ton apôtre, le livre de la vie sera ouvert, nous saurons qui nous sommes et ce que nous vivons. Nous espérons ce jour, Seigneur, nous attendons qu'il vienne. Ainsi soit-il, au nom du Père, du Fils et du Saint-Esprit !

Cependant, Aspasie avait elle aussi regagné ses pénates. Elle réfléchit un moment, considérant les murs, les meubles, le bureau avec l'ordinateur et les dossiers qui envahissaient tout. Elle n'avait pas envie de rester là. Elle empila quelques vêtements et un livre dans son sac de voyage, puis monta dans sa voiture et fila en direction de l'immeuble à l'atlante.

Elle acheta de quoi manger au snack chinois d'en bas, et monta à l'appartement de Gentile. Elle ouvrit le canapé-lit, secoua et défroissa le drap, se déshabilla, passa un T-shirt, installa des coussins en guise d'oreillers. Puis elle introduisit dans le magnétoscope une vidéo-cassette prise au hasard, et elle commença à regarder en attaquant les nems dans leur barquette de carton.

Le film était *Rush Hour*, avec Jackie Chan. Du suspense, du rire, des bagarres, exactement ce qu'il lui fallait.

L'œuvre de Nero

Une interprétation globale, et bien entendu hypothétique, pouvait en fait être dessinée de la mystérieuse aventure du pompier Gentile, mais personne, autour de lui, ne disposait à la fois de tous les indices nécessaires pour l'échafauder.

Cette interprétation eût certes intégré les généralités relevant de l'analyse psychologique, et l'interprétation sociale esquissée par Guido; les vues du prêtre, aussi, discrètement exprimées, mystérieuses, et par là fascinantes. Mais elle eût mis en œuvre d'autres éléments, qui, pour paraître sans lien direct avec le cas Gentile, n'en appartiennent pas moins au paysage. Citons :

– le suicide du médium, en 1938, dans un hôtel, près de la gare de Porte-Neuve;

– les déportations de 1943, les bombardements et les destructions de 1944;

– la tentative de destruction du Telone, et ce

qu'avait dit l'archevêque au policier, peu après, sur la stratégie de la démoralisation.

Tout cela composait une symphonie complexe de violence et de peur, irradiait un sentiment diffus et angoissant de précarité générale. La ville, dans son histoire comme dans son présent, avait subi ces ébranlements; rien ne disait que l'onde en fût dissipée, et que les humains n'en ressentissent pas les effets, aux confins de la conscience. C'est ce qu'avait effleuré, peut-être, l'état-major des sapeurs-pompiers, en concevant une sourde inquiétude sur le fait que le syndrome Gentile pouvait être épidémique; c'est à quoi tentaient peut-être de répondre le prêtre et Guido, ce dernier notamment, déplorant qu'on ne montrât pas aux gens « des belles choses ». Sait-on à quoi tient l'équilibre intérieur des hommes ?

Aspasie, sans trop s'en rendre compte, avait touché à quelque chose d'essentiel en s'intéressant à l'atlante de la façade. Dès sa première visite, on l'a dit, il lui avait fait lever les yeux, elle l'avait trouvé émouvant avec son air douloureux et stoïque. Elle y avait repensé, elle avait pris en considération humaine ce personnage de pierre, elle avait éprouvé de la compassion pour ce corps d'homme, puissant plus que beau, cet assemblage d'os et de muscles, reproduit à travers un code venu de la statuaire grecque – simplifiée, alourdie, massive, mais présente tout de même. Deux syntaxes, celle de l'anatomie et celle de l'art, se superposaient en lui sans se contredire, et quelque chose était exprimé par cette sculpture sans valeur esthétique, travail d'un élève moyennement doué des Beaux-Arts dans la première moitié du XXe siècle, à peine justifiée en tant qu'élément de décor urbain : l'homme – l'homme véritable aussi bien que l'atlante sculpté – est un élément d'architecture. Il lui faut prendre rang dans une hiérarchie et un ordre, s'inscrire dans une fonction et dans des actes. Son bonheur même est à ce prix.

Cette sculpture entrait dans un secret rapport avec Gentile. Même tristesse, même fardeau. Même sentiment d'un effort inutile, d'une force vainement dispensée. Même détresse de l'homme dont plus personne n'a besoin. Même idée insistante d'un sacrifice continuellement offert, et continuellement méprisé. Personne n'en voulait, de cet atlante. Personne ne l'attendait. Il avait existé par hasard, il était là, il faisait ce qu'il savait faire, et l'on pouvait se passer de lui. Rien ne lui donnait d'avenir.

L'atlante de la façade, l'homme de la Santissima Tela : l'histoire de Gentile, l'histoire incompréhensible de cet homme à présent éloigné, se déroulait parmi ces reflets. L'atlante : Gentile-Guido. Le Telone : Gentile-Beato. Ces figures détenaient le secret de Gentile. Elles se le partageaient, ou plutôt se le disputaient. Par leur seule entremise, on pouvait espérer le comprendre.

Elle songeait à lui nu – enfin nu...

Seulement elle ne disposait pas de Nero, et c'était essentiel. Il leur manquait à tous, à Beato, à Guido, à elle, la notion de Nero, médiocre génie du mal d'un vieux comic strip indigent. Ils ne pouvaient pas deviner sa présence, ils étaient passés à côté de ce personnage qui intervenait peut-être, dans le cœur de Gentile, comme l'ambassadeur ou l'allégorie de toutes les menaces.

Ni elle, ni Beato, ni Guido, ne sauraient jamais ce qu'était Nero pour Gentile, pas plus qu'ils ne sauraient ce qu'était le miroir où il ne voulait pas sourire. Ils avaient vu Nero, pourtant; le père Beato avait senti sur le moment ce qu'il y avait d'étrange dans la présence de ces vieux illustrés déchiquetés. Mais bien sûr, ils n'avaient aucune raison sérieuse de s'arrêter à ce détail. Cela démontre combien il faut être prudent lorsque nous cherchons à interpréter les faits de l'existence. Nous ne soupçonnons pas l'étendue de nos ignorances. Peut-être avons-nous eu sous les yeux d'importants indices, qui à aucun moment ne nous sont apparus tels.

En un lointain passé, Gentile avait lu cette bande dessinée, et c'était au « méchant » qu'il s'était intéressé. Il se l'était approprié, il en avait redessiné les traits, il en avait fait ce tortionnaire intérieur, ce modèle inaccessible dont il se servait pour se mésestimer.

Or, comme tout ce que nous pouvons concevoir existe, il faut croire que Nero existe en ce monde, agit en ce monde. Que fait-il alors, que veut-il ? La supposition la plus simple est que son action y est la même que dans l'esprit et le cœur de Gentile : il égare et il décourage. Son but est d'assujettir à des rêves inaccessibles, à des désirs que l'on éprouve sans pouvoir les approuver ; à des rêves qui ne mènent nulle part, et d'où l'on retombe hébété et frustré.

Démoraliser : à en croire l'archevêque, on s'en souvient, c'est ce que voulaient les incendiaires de la Santissima Tela. Suivant cette théorie, il n'y avait pas à proprement parler de chantage. Un seul objectif, précisément défini, poursuivi par ce moyen-là et par d'autres : habituer les consciences à l'incertitude, à l'instabilité, à l'impermanence de tout, au caractère aléatoire des changements, à la dissociation de l'apparence et du sens, afin que vacille *le moral* de l'humanité.

Ce que dit Nero, c'est : « Je veux déprimer l'esprit de l'homme afin qu'il se livre à moi. »

À cette lumière, le mystérieux suicide du médium contient déjà tout : l'apocalypse qui va venir, l'approbation anticipée de cette apocalypse, et par conséquent l'autodestruction. Ce suicide est lui-même un acte médiumnique, une représentation en raccourci.

Les drames et les violences de la guerre, les déportations de 1943, le fracas des avions, les bombes, les vieux quartiers détruits, tout cela inflige à l'esprit humain une commotion décisive. Après un tel coup de force, Nero peut jouer à sa guise : l'homme ne se défendra plus. Tout moindre mal lui paraîtra acceptable. Il se résignera.

On pourrait envisager l'intuition de Guido concernant les images publicitaires, sa revendication rageuse que l'on montre aux gens « des belles choses », comme ayant trait à une des manigances de Nero. Guido a senti que les artistes, des siècles durant, avaient magnifié la figure humaine, et que ce siècle-ci a cessé de le faire. L'homme représenté sur une image de publicité est toujours singulier ; il a tel visage et pas un autre. Pourtant, sa singularité n'a aucune importance. Elle est respectée, si l'on veut : on ne l'attaque pas. Mais elle est respectée en tant que n'ayant pas la moindre valeur objective. Elle est respectée comme on respecte ce qui ne dérange rien ni personne. Aucune contrainte, aucune violence : l'absolue dérision.

On pourrait ainsi supposer l'existence de Nero et dessiner sa silhouette à travers ses menées, en même temps que déceler celles-ci dans les événements du monde : cette « ample comédie aux cent actes divers », dont le drame que vit Gentile est peut-être une des innombrables péripéties, s'appelerait l'œuvre de Nero.

Ce qui arriva au capitaine Gentile dans les collines

Le matin qui suivit sa disparition de l'hôpital, Gentile marchait, en contre-haut de la ville, le long des avenues qui serpentent à flanc de colline, parmi les belles villas parées de stores, de pergolas, de massifs et de haies fleuries, où l'on apercevait du mobilier de jardin sur les spacieuses terrasses.

Lorsqu'il avait repris conscience, la veille, dans la chambre d'hôpital – nullement surpris de s'y trouver –, la décision de s'en aller avait été immédiate. Rapidement, il avait retiré le pyjama réglementaire, récupéré ses habits sur la chaise.

Jetant un coup d'œil furtif dans le couloir, il avait déduit sans peine (un pompier connaît ces choses) où pouvait se trouver l'escalier extérieur d'évacuation. Les consignes de sécurité, il le savait aussi, voulaient que les portes y donnant accès ne fussent jamais bloquées. Il était donc tranquillement descendu par là, saluant au passage, avec beaucoup de naturel, les livreurs de la société de restauration collective.

Il s'était rendu chez lui à pied, surveillant à son arrivée les abords de l'immeuble à l'atlante, car il n'avait pas envie qu'on le rencontrât; mais il n'était que sept heures du matin, et il ne courait guère de risques.

Il monta et eut la satisfaction de retrouver son portefeuille, avec sa carte bancaire et un peu d'argent liquide. Il redescendit aussitôt et s'éloigna, dans la direction opposée à celle du centre de la ville.

Sa situation de fuyard lui communiquait des frissons de plaisir. Il ne devait de comptes à personne, il avait le droit de s'être sauvé. Il se le répétait, sans s'étonner que l'exercice d'une liberté élémentaire lui parût à ce point savoureux, comme un plaisir défendu.

Il ne s'étonnait pas davantage de ce qui lui était arrivé. À peine y pensait-il; c'était banal comme de s'être assoupi un quart d'heure. Plus profondément, il savait ce qu'il avait fait, c'était pour lui une évidence qui se passait d'être mise en mots. Il savait que son mutisme l'avait débarrassé d'eux. Il s'était remboursé, en deux jours, d'années entières, de toute une vie peut-être. Désormais, il ne répondrait plus au nom de Gentile que s'il le voulait bien.

Il marcha longtemps, grisé. Il but des bières

dans un bistrot de la banlieue, où il s'endormit sur sa chaise. Vers seize heures, il eut l'idée de donner de ses nouvelles, car il ne *leur* en voulait pas, il n'en voulait à personne. Il monta dans un tramway ramenant vers le centre, se rendit dans le cybercafé où il se fit expliquer comment envoyer un message électronique.

Ensuite, dans un grand magasin, il acheta un sac à dos, un duvet, une brosse à dents, du dentifrice, une gourde de randonneur, une lampe électrique et plusieurs piles.

Puis il fila vers le fleuve.

Il dîna chez un Tunisien, assez loin sur les quais. Il bavarda avec ce Tunisien, qui lui offrit plusieurs petits verres de boukha. À onze heures du soir, dans les collines, il repéra un abri servant à attendre l'autocar régional. Il s'y installa, déroula son duvet sur le banc, se brossa les dents, se rinça la bouche avec l'eau de sa gourde.

Ce soir-là, enveloppé par la nuit douce, il pensa à ce qu'il était, et de nouvelles idées se formèrent dans son esprit.

Tout se passait comme si la situation où il s'était mis, celle d'un fugitif, lui ouvrait des points de vue nouveaux, libérait devant lui des chemins surplombant son existence, comme dominaient la ville les avenues des collines. Depuis des mois, depuis beaucoup plus longtemps, peut-être, il avait subi un sentiment de lui-même qui lui était, en définitive, imposé de l'extérieur. Il n'était qu'une conscience passive, et patiente, et dolente. Toujours des messages venaient d'ailleurs, lui donnant des ordres, lui indiquant ce qu'il avait à être – et il obéissait, *Gentile soggetto.*

Cette découverte apportait à elle seule un énorme soulagement, comme si localiser l'origine du mal l'en délivrait déjà. Il avait longtemps, trop longtemps, accepté d'être envahi, investi. Cela ne pouvait mener à rien. Sa visite chez la comportemento-magnéto-thérapeute en était le parfait exemple. Il ne s'était pas volontairement rendu chez elle; il s'y était laissé envoyer, il ne demandait rien, il ne savait même pas en quoi cela consistait.

« Il faut que ce soit moi, désormais, qui décide », dit-il à haute voix, se parlant à lui-même, assis sur le banc de son arrêt d'autocar. « Mais pour cela, il me faut un point de départ. Il faut que je sache où je commence. »

Sa propre voix sonnant dans la nuit lui fit du bien. Il avait l'impression de ne plus l'avoir entendue depuis longtemps. Il se rappela ses rencontres avec Aspasie, le dîner avec Guido et le père Beato : il entendait leurs voix, dans son souvenir, mais pas la sienne; elle était comme assourdie, amortie sous une cloche de verre. À présent il parlait.

« C'est cela : savoir où je commence. Elle n'a

pas eu tort, cette fille, de me parler de mes contours... Seulement je ne pouvais rien faire, à ce moment-là, de ce qu'elle me disait. »

Il se releva, alluma une cigarette. Et il se demanda qui il était. Il se demanda ce qu'il avait toujours voulu.

Peut-être avait-il rêvé, sans le savoir (car on peut aspirer toute sa vie à quelque chose sans en discerner la nature), peut-être avait-il rêvé d'être tout pour tous.

Angiolina. Le grain de folie, le néant de cette fille, ce qu'il sentait en elle de désespéré ; il avait cultivé l'espérance illusoire de la « sauver », de l'arracher à ses ombres. Il lui eût donné l'univers. Seulement il n'en disposait pas. Tel était bien le désir absurde – être tout, être celui qui comble indéfiniment tous les gouffres – auquel il avait voué ses forces.

Il n'avait pas pu accepter, par la suite, que sa femme voulût un enfant – c'est-à-dire : quelqu'un d'autre que lui. C'est cela qui l'avait brisé, poignardé, envoyé au bistrot.

Il parvenait maintenant à remonter plus haut, repérer ce désir plus loin dans le passé. Être tout pour tout le monde, ce rêve monstrueux pouvait se déguiser en désir de bien faire, d'incarner la force utile et bienveillante des pères. Il lui avait dicté, peut-être, de devenir celui qui aide, qui répare et qui sauve. Il s'était fait pompier.

Rien de surprenant dans ces conditions – il l'entrevoyait à présent, sous son abribus, les yeux plissés par la fumée de sa cigarette – que son heure de gloire, le sauvetage de la Figuraccia, n'eût provoqué en lui que gêne, honte, désir d'aller se cacher. L'assumer, c'eût été démasquer son épouvantable désir ; c'eût été une déflagration intérieure. Il avait détourné la tête, oublié de voir, chassé les mouches.

Être tout pour tous... Ce n'était pas si *Gentile* que ça, à bien y regarder. *Gentile vorace ! Gentile ghiottone !*

Gentile imperatore !

Le désir d'être tout pouvait pousser au pire comme au meilleur. Cela pouvait consister à sauver le Telone ; cela pouvait consister à le détruire – et même toute la ville avec lui. Voilà ce qu'il savait, lui, voilà ce que personne ne pouvait comprendre.

Sentir qu'il n'était rien : n'était-ce pas cela qui lui avait planté dans le cœur ce désir furieux d'être tout ? Peut-être fallait-il plutôt prendre la chose en sens inverse : celui qui veut être tout, à chaque instant découvre qu'il n'est rien, et ne peut rien découvrir d'autre. Et que ce rien est tout. Nul ne peut être tout pour tous. Celui qui veut être tout se condamne à une éternelle frustration. Ce désir absolutiste – et la conscience taraudante qu'il n'était pas réalisable – l'avait livré aux manigances de Nero.

Être tout ! Ce rêve existe probablement dans chacun de nous, dès le plus petit âge. La plupart du temps, les êtres se font une raison, composent, négocient. Mais si la possibilité s'ouvre de ne pas composer, s'il arrive que le réel cède, que les autres soient convaincus, que le monde se laisse habiter et envahir, ce désir d'être tout pour tous a une possibilité d'expansion indéfinie et terrifiante.

Il s'était levé, il faisait les cent pas, fumant sa troisième cigarette, le regard dans les arbres et les étoiles. Il est des nuits où la pensée s'envole. Gentile songea à la guerre, aux cassettes qu'il avait chez lui, relatant cette énorme secousse sismique de tout un continent. Il s'était toujours intéressé à la guerre. Il avait plusieurs fois revu ces images. Au centre de la carte, l'araignée gammée, le scorpion Hitler. Il songea qu'Adolf Hitler était l'exemple typique d'un homme ayant rencontré les circonstances qui lui permettaient de réaliser ce monstrueux désir d'être. À chaque étape de sa fulminante carrière, il avait eu la divine surprise de voir fondre sous son regard la moindre opposition, et tout ce qui l'entourait empressé à éliminer devant lui tout obstacle. Il comprit qu'il pouvait être tout. Son destin ouvrait devant lui ce gouffre. Il fut tout pour ceux qui lui obéirent avec fanatisme ; pour les millions de gens qu'il fit périr, il fut tout, puisqu'il fut leur souffrance, leur agonie et leur mort. Il fut tout pour le monde entier qui se mobilisa contre lui, sur terre, sur mer et dans les airs. Et peut-être est-il encore tout pour notre conscience.

Il ne faut pas livrer l'homme à de tels démons : il faut lui attribuer une place dans son univers, et dans l'univers.

Gentile fut heureux de ses découvertes. Que pouvaient penser de lui les gens qui le connaissaient, le médecin-major, la jolie journaliste, le sympathique prêtre ? Qu'il était une victime, un pauvre malheureux ? Ils se trompaient ! Ils se trompaient sur toute la ligne ! Ils avaient eu affaire à un monstre, affligé seulement de n'oser ou de ne pouvoir vivre sa vie de monstre.

« Ce sont là mes points de départ », se dit-il en s'endormant. « Et les points de départ sont faits pour qu'on s'en éloigne... »

Au matin, non loin de l'endroit où il avait dormi, il aperçut un petit café qui faisait aussi magasin d'alimentation. Il y fut accueilli par une tenancière d'origine asiatique, souriante et active. Il se fit servir du café, acheta un pain au sésame et une bouteille de vin, ainsi qu'un tire-bouchon. Il fourra tout cela dans son sac et s'en alla.

Il marcha toute la matinée, au hasard, dans ces parages incertains où l'agglomération urbaine se défait insensiblement pour devenir la campagne. Des chiens aboyaient sur son passage. Il examinait ces marges de la ville. Quelque chose d'ouvert et d'inachevé semblait palpiter dans l'air. Vers midi, sa course le ramena près de son abribus.

Il faisait bon. Il découvrit à quelque distance un espace semi-circulaire, où l'on avait disposé un banc, une table et une poubelle. L'endroit offrait une vue partielle sur la ville, en contrebas : toits et coupoles, terrasses, enseignes, étalées en une irrégulière géométrie que cernait le ruban argenté du fleuve. Il mangea une partie de son pain, qu'il fit descendre à petits coups de vin rouge, en contemplant ce panorama.

Et ce fut lorsqu'il se remit à marcher que l'événement bizarre – effet d'une légère ivresse ? – se produisit.

Comment le décrire ? Ce fut, à quatre pas, face à lui, comme si l'air s'était ouvert. Ce fut un mouvement, une agitation semblable au miroitement sombre de l'eau dans un bassin, ou bien à ce qui tremble au-dessus de la flamme. Et, dans ce bref instant, ce fut comme si une parole lui avait été adressée – moins qu'une parole : un signe complice, un acquiescement, un sourire.

À quatre pas.

Plus tard (et pour lui-même, uniquement pour lui-même), il devait évoquer différemment cet instant, d'ailleurs indescriptible. Peut-être fallait-il parler du surgissement d'un double, d'un frère mystérieux, qui en savait plus long que lui et lui témoignait son accord. Et ce double-là n'était pas Nero.

De toute façon, c'était une expérience difficile à capter, à refléter dans des mots. Il lui fallut, à chaque fois qu'il chercha à se la remémorer, une intense concentration pour en retrouver le frisson et l'éclat, en même temps que l'impalpable douceur.

Que s'était-il produit ? Il s'agissait réellement d'une perception sensorielle, physique. Il faut peut-être supposer la projection, l'extériorisation d'un phénomène interne; par exemple le rétablissement, assez soudain pour être perçu, des courants magnétiques décrits comme déréglés par la comportemento-magnéto-thérapeute.

Toutefois, ce qu'il avait éprouvé était plus qu'un simple soulagement. C'était vraiment la sensation de recevoir quelque chose : un clin d'œil, une approbation, une assurance.

Peut-être un aspect significatif de ce mystérieux épisode réside-t-il dans le fait que Gentile n'avait à proprement parler rien vu. C'était le contraire des affiches de Celi*man*, de la présence ironique et méchante de Nero, de son propre visage défait dans le petit miroir du tramway. Ce n'était pas une image. C'était un souffle.

C'était fluide, ouvert, hospitalier.

C'était une brise de printemps, rafraîchissante ; une allégresse au fond de l'air, qui lui avait fait le cœur léger.

Il ne saurait pas. Il ne saurait jamais. Il en eut la certitude. Insaisissable autant qu'indiscutable, ce palpitement d'ailes était un coffre-fort, ce sourire invisible avait rabattu une porte de fer.

Tout ce qu'il comprit, mais il le comprit sur-le-champ et de façon irréversible, c'est qu'il lui fallait enfouir dans son cœur cet instant comme le plus précieux des trésors. Il sentit que ce mystérieux acquiescement, peut-être tout simplement de soi-même à soi-même, était une chance inouïe, à lui donnée, qu'il aurait pu passer toute sa vie sans le recevoir, que c'était une lettre fermée, peut-être, mais une lettre, une lettre à lui seul adressée. Il devait garder le souvenir de cet instant, et vénérer ce souvenir, et le chérir – car une autre certitude, non moins irraisonnée, non moins inébranlable, s'était ancrée en lui : un tel événement ne se reproduirait pas de sitôt.

Ici prend fin non pas la mystérieuse aventure du capitaine Gentile – car sa vie continue, et aucune histoire n'a de début, et aucune histoire n'a de fin – mais en tout cas le récit que l'on peut faire de quelques semaines inoubliables.

Nous croyons en avoir dit tout ce que nous

pouvions en dire. Ceux qui liront ces pages se sentiront-ils frustrés des éclaircissements ou des révélations qu'ils attendaient peut-être ? Nous leur ferons une confidence : nous n'en savons pas davantage. Mieux : nous avons découvert que le sens des choses ne nous appartient pas. Nous ne pouvons avoir, sur toutes les réalités humaines, sur les données de la vie, sur les mécanismes à l'œuvre dans notre histoire, qu'une opinion, et c'est bien différent. Nous ne pouvons nous proposer d'autre exercice que de regarder attentivement et décrire inlassablement la vie – car, pour mystérieuse qu'elle soit, elle se déroule sous nos yeux. L'avouerons-nous ? Cette relative ignorance nous enchante. Les limites de notre savoir nous garantissent l'existence du monde, au-delà de nous. *Ecce deus fortior me :* voici un dieu plus fort que moi.

Oui, ce récit prend fin. Gentile va redescendre l'avenue sinueuse, parmi les belles villas et les jardins. Il va arriver dans le faubourg, en bas, près du fleuve. Il va longer l'église qui se dresse à cet endroit, mystérieusement dépourvue de croix au sommet de son dôme. Une des statues qui veillent de part et d'autre du grand escalier tient une coupe à la main ; vue sous cet angle, de trois quarts dos, on dirait qu'elle lève son verre à la santé de la ville étendue en face, sur l'autre bord du fleuve, et cela met en ces parages solennels une touche guillerette, et par là insolite.

Il traversera ensuite le vaste carrefour pavé, puis il marchera sur le pont. Il lui restera alors un bon nombre de rues à parcourir avant d'arriver dans son quartier, de revoir la façade à l'atlante. Que ressentira-t-il en découvrant qu'Aspasie a fait le pari imprudent d'être là pour l'attendre ? Elle, chez lui ? Et si elle lui rappelait de trop mauvais souvenirs, les jours de son humiliation, de son désarroi, de sa déroute ? Voudra-t-il, pourra-t-il aller au-delà ? Le vœu du père Beato, l'espérance d'Aspasie seront-ils exaucés ? La vie est une chose complexe, lente et laborieuse, et nous n'en savons rien, *cazzo* ! nous n'en savons rien.

TABLE

Achevé d'imprimer en juin 2001
sur presse Cameron
dans les ateliers de
Bussière Camedan Imprimeries
à Saint-Amand-Montrond (Cher)
pour le compte des Éditions Stock
27, rue Cassette, 75006 Paris

54-5392-3

N° d'édition : 12447. — N° d'impression : 012832/1.
Dépôt légal : juin 2001.

Imprimé en France
ISBN 2-234-05392-7